みえないもの

イリナ・グリゴレ

柏書房

目次

コロナくんと星の埃

娘は家の外に出て雪で遊びながら突然に優しい声で「コロナくんいた」と言う。よく見ると雪の中に色鮮やかな顕微鏡で見えるコロナウイルスにそっくりなオモチャのパーツがあった。昨年の誕生日会で小さなパズルをもらったときの一部だ。スライムのラメと同じように家の中で散らかして踏んだりしていたので、子供にバレないように少しずつ捨てたつもりだったが、たまに家のどこかで見つける。

スライムのラメもカーペット、壁、カーテンなどに光っているけど、このパズルは一年振りに現れた。娘がこのような呼び方をするまで、ただのトゲトゲしたプラスチックのオモチャにしか見えなかった。でも雪の中で見つけたときに言われてみれば、あれはコロナウイルスに見えた。娘が「くん」をつけたということは、子供の目から見たコロナの性別は男の子ということなのだ。というより、声のニュアンスから読み取れば友達に近い存在なのだ。八月に家族全員が次々と感染したとき、次女が一番長引いたので、きっと忘れ難い「友達」になったのかもしれない。

捉え方によって世界の見方も変わるということなのだ。どこで見たのかわからないウイルスの顕微鏡のイメージを覚えて、「くん」をつけて、生き物あつかいし、話しかける娘から何か大事なことを学んだ。かかったときはあんなに苦しかったのに。夜中に何回も吐いて、高熱で飲み物さえ口にできなかったので、私はこのウイルスが大嫌いだった。ウイルスという言葉を書くとディスプレイにはコロナのイメージしか出てこない。あのイメージをたくさんの人が嫌になるほど見ているかもしれない。でも、雪の中のおもちゃを思い出すとなんだか可愛く見えた。雪の上に光るコロナウイルスのレイアウトが急に頭の中に浮かぶ。インスタレーションアートのようにどこかの美術館で飾って、照明を調整して夜でも雪の上で光るようにしたい。人間は目で見えないものが確かに怖いけど、この私たちが生きる今の時代をこうした作品で表現できたら恐怖の代わりに違う感覚が生まれるに違いない。人間にとって恐怖とは憎しみにつながるから。パウル・ツェランの「コロナ」という詩の最初の一行を思い出す、「秋は私の手から葉を食べている――友達になった」。

ルーマニアの田舎で育っていた私は、よく夜の空を見て、流れ星をずっと観察していた。その流れ星を追いかけて、家、庭から出て、道路に出て近くに星が落ちたかどうか探していた。毎回、道路に舞う埃《ほこり》の中に、私に光っているように見えるのを見つけ、落ちて冷めた流れ星の一部だと思っていた。その塵埃《じんあい》から全ての生き物ができていると子供の自分が信じていた。

鬼は来ない日も来る

ある日マタニティーブルーから解放された。マタニティーブルーではなく、マタニティーブルースと呼ぶことにする。母親になることはジャズだ。その日五年ぶりに頭がはっきりして、長い冬眠から覚めた。「むらかみ」という昭和の雰囲気がまだ残っているケーキ屋さんのスポンジケーキを買いに行ったのがきっかけだ。スポンジケーキは次女の大好物だが、彼女はそれを自分で発見した。大人は日本のケーキ屋さんでなかなか見当たらないサバランを買った。次女はいくつかの種類のケーキの中から迷わず「これ」と指さして、スポンジケーキを選んだ。白くて、なめらかで、高級な生クリームにちょっぴりバニラの風味が入っている。次女は顔全体にそのおいしい生クリームをつけて、ゆっくり、ゆっくり味わっている。この世の最高の食べ物でしょうと、丸い目がキラキラしている。フランス人形のような小さな身体で椅子に座って食べている。

その日から、ケーキが食べたくなったら「むらかみ」まで、車で三十分かけていく。女将さんの笑顔と、帰りに車から広がる雪、晴れている日に見える岩木山《いわきさん》、ラジオから流れている九〇年代のロックがケーキの味に加わる魅力なのだ。田んぼに積もった雪はスポンジケーキのようになめらかで、食べたくなる。きっとバニラの味がする。サバランには酒がたっぷり入っている。授乳を終えてから私の楽しみの一つになったお酒をサバランでも楽しめる。小学生のとき、田舎から町に引っ越したばかりのことを思い出した。馴染《なじ》めない町の雰囲気と学校で心がボロボロだった。ある日、学校の帰りに母が町のケーキ屋さんに連れていってくれて、テラスでサバランを食べた。小学校時代の唯一のいい思い出になった。あの工場だらけの町はジョン・レノンの曲「ワーキング・クラス・ヒーロー」の雰囲気と同じだった。

マタニティーブルーになったとき、自分でもそれに気づいた。でもすることは何もないと思った。寂しくて、ブルーな気分になっていたこともあるが、一番つらかったのは言葉がごろごろ炭酸の泡のようになって消えていくことだった。気づくと周りにいた人もいなくなったし、踊れなくなった。東京にいてお腹《なか》が大きくなったころは、世田谷の図書館に引きこもってずっと絵を見ていた。お腹の娘が見えている色が普通と違っていた気がした。ものすごく鮮やかだった。谷川俊太郎の『すてきなひとりぼっち』

を見つけた。あの青い表紙がとても鮮やかに見えた。谷川俊太郎は私を助けてくれた。言葉はごろごろ、私と世界の間にあってもいいと教えてくれた。シャボン玉のように、毎回世界が壊れてもいい。図書館から出たあと、近くの公園の草の中でビー玉を見つけた。近づくとそのビー玉に映っている世界に、草、木、土、空とともに私もいた。私もいていいと初めて思えた。いて、いい。この世界、この地球、この宇宙に娘たちと同じ、小さな命から私も始まっていた。そして今まで出会った人の中で私の心を傷つけた人もいていい。みんなのいていい場所がちゃんとあるのだ。あのビー玉は世界と同じ、小さくてまるこいが、みんなでいていい。

生まれてきた長女は天才で、色はお腹にいたときと同じ。明るく毎日絵に描いている。彼女のためにリビングの壁をアトリエにした。鮮やかなイメージと窓から見えている吹雪《ふぶき》、一生懸命この冬に生き残ろうとしている植物たち、太っている金魚もこのまま、この世にいていい。

長女の言葉の表現は豊かだ。この前は突然「鬼は来ない日も来る」と言われた。この言葉は私の日常をよく表している。いつ来るのかわからない恐怖感、不安と苦しみが鬼であって、ブルーになることがここ数年間多かったが、解放される日も来るだろう。私を苦しめた鬼たちは来る日もあるけれども、近頃は来ない日も多い。

今年に入ってからある日、スーパーで新鮮な鯵《あじ》を買って捌《さば》いた。子供のときによく自分で釣った魚を捌いたので、あのときの感覚に戻りたかったのだ。鯵はフナと違うので、戸惑う。内臓を出して、刺身にするか、アジフライにするか迷った一瞬に、一つの世界が壊れた。結局、アジフライにすると決めた。手で、爪で一つ一つ骨をとった。鯵のこまかい骨が私の指先を刺して痛いが、何も感じないより痛みを感じるほうがいい。手で触るのが一番だ。縄文時代に戻りたくなる。娘たちに鯵を触らせようとしたが逃げられた。「もう死んでいる」と言いながら追いかけたら怖いと騒ぐが、もっとこういう経験をさせなければと思った。

ジョン・レノンは五年間もハウスハズバンドになって、息子の世話と毎日のパン焼きで精いっぱいだったという。男性なのにと世間が騒いだ。私も母親でありながらやりたいこと、やり残したことがたくさんある。でももう怖くない。パンを焼きながら古い世界を手放して、新しい世界を生み出す。ジョン・レノンがいう通り「愛が答え」だ。悪い経験を手放し、春に向かって「この世界にいていい」と自分に言う。

ここ何日間か昼間はすごく忙しくて、クルミと自分で干した干し柿だけを食べた。人間はこのぐらいでも生きていける。つらかったとき、誰にも話せなかったときに、スーパーで働いているパートのお母さんたちが私に声をかけて、私も人間であることを思い出させてくれた。世界は私なしで回っていくが、私にしかできないことがある。

ある夏、田舎に戻って、朝早く釣りに出かけた。壊れた橋を渡り、修道院が見える場所で、川から上がる霧と反対側の深い森を見た瞬間、町の重さから解放された。前の日は雨が降っていたから、地面はまだ柔らかかった。一つ丘を越えたとき見えた風景は一生忘れられない。白いキノコが目の前に鮮やかに広がっていた。喜びのあまり釣りのことを忘れて、キノコをいっぱい詰めて家に帰った。みんなで食べた。毒キノコではなかった。与えられたものをこれからはただ受け止める。

蛍が光る場所

蛍のいる場所は綺麗《きれい》な場所だ。人のいる場所から少し離れていて、山の向こうにあって、夜にはとても暗くなる場所だ。津軽《つがる》には岩木山という山がある。この山は神秘的だ。町からでも、どこからでも見える。

ここに住んでしばらく経つ。海に行ったり、山に行ったりして、いろんな生き物と風景を見てきたが、蛍を見るのは今年が初めてだ。きっと今の瞬間が私の心が一番綺麗になっていて、過去、未来のことを一切考えずに「今」を一生懸命に生きようとしているタイミングだからかもしれない。

蛍はイカと同じ。キラキラしたものに騙《だま》されて寄ってくる。道路向かいの温泉宿の人から聞いた。ハザードランプを点滅させると、たくさんの蛍が出てきて思わず手に取ってしまった。そういえば子供のときも蛍の光る場所にいた。夏休みにいとこたち家族と一緒に山のほうのティスマナという村に泊まった。私が十歳のときだった。古い修道院があった。夜になると山に囲まれているホテルの近くの沢にはたくさんの蛍が飛んでいた。

日常のいろんなことで心と身体が痛んでいた私にとって、初めての蛍を見た瞬間、手に取った瞬間はマジックだった。小さな生き物が私の手の上で歩きながら光る。私の身体全体が光っているように感じた。そのあまりの美しさに、癒《いや》しのような、恵みのようなオーラを感じた。きっとこういう自然療法もあるに違いない。一週間ぐらい、毎晩蛍に会った。古い修道院の近くだったこともあって、あの場所は全体的に綺麗で、思い起こすと今住んでいる青森県の風景と雰囲気がよく似ている。

毎日、近くの川でいとこたちと野生のイワナを釣って食べ、半分以上私たちも山の生き物になっていた。十歳の女の子があんなに次々とイワナを釣るのも、人生に一度きりだと思う。命をいただく大事さを田舎育ちの私は知っていたし、魚釣りも女の子にしては上手と言われたことがあったが、イワナの動きは他の川魚と違ってすごく激しくて、パワフルな踊りみたいで、毎日感動した。

ティスマナから帰る途中、またすごい出来事が起きた。オルテニア地方のトゥルグ・ジウにあるブランクーシの「無限柱」、「沈黙のテーブル」、「キスの門」という三つの岩石でできた巨大な彫刻を間近で見た。このとき、私はイメージを形にするということを初めて知った。

その瞬間は、私の人生に大きな影響を与えた。息苦しい団地生活から解放された、初めてのアート表現との出会いだった。圧倒的に違う世界に導かれて、私がこれから歩む道が現れた。蛍のイメージから無限の新しい世界を志すほうに私の心が生まれ変わった気がする。とにかくインパクトがすごかった。

二十歳になって出会った知り合いの人から突然に、私の容姿がブランクーシの名作「大地の知恵」によく似ていると言われて驚いた。きっと私が見た十歳のときの作品のイメージが自分の心に残って、すこし表面に出ていたに違いない。こんなにいいことを言われたのは人生で初めてだった。これ以上の褒め言葉は一生ないだろう。その人は天才的な脳外科医だったので、人の脳を読むのは得意だったのだろう。ブランクーシの作品から、私の日常が遠ざかっていたことは確かだが、実際の像の裸で座っている女性の表情が、人の心と身体の内面のイメージを形にしているとしたら、それは素晴らしいアートだ。きっと、誰にでもこういう島みたいな場所が心の中にある。一瞬だけ、内面が表情か身体の使い方によって外に現れる。

子供のころ、蛍を見たシーンが蘇《よみがえ》る。この年になっても自分の娘たちと蛍を見ることができてなんだか安心した。あのときの純粋な自分に戻れた気がした。蛍をまだ見ることができたということが、私の心の内面は綺麗なままなのだと勝手に受け止めた。

二十代のころは自分の心を汚し、汚される場所にいた。その傷跡は消えないが、だんだん薄くなっていると蛍を見ながら気づかされた。二十代で『ラストタンゴ・イン・パリ』という映画のヒロインのふりをした自分がいた。たくさんの不思議な人に出会ったりしたが、私の内面にはブランクーシの作品のようにおとなしく座っている女の子しかいなかった。蛍が車のライトに騙されるように、自分もキラキラしている演技に騙されていた。

知らないうちに、相手役も映画のように日常の中で苦しんでいた。

三十代の今の私の身体は、縄文土器の女性のように、産後のお腹がでて垂れている肉に太い脚。こうして私自身もブランクーシの「沈黙のテーブル」に近づいてきた気がする。

逃げたパン

ある朝、いつものように娘たちと朝ごはんを食べていると、会話に花が咲いた。私が長女に、蒸しパン食べたいなあ、近いうちに作ろう、と話しかけると、次女がおびえて「虫パン嫌だああ」と泣く。昨年まで普通に蟻《あり》を捕まえ、ダンゴムシで遊んでいた次女は今年になって虫が怖いと言い始めた。それは幼稚園で他の女の子が怖がるのを見て、集団生活で虫を見る＝女の子が叫ぶ、逃げるというリアクションを習得したからだ。でも民族によって虫は大事な栄養だし、ママは田舎でたくさんの虫と一緒に暮らしたようなものだと説明すると、彼女も「じゃあ、ピンク色の虫パンだったら……」と納得し始めた。絵が得意な長女はすぐに「虫パン」を描いた。そして絵をよく見ると「逃げたパン」というタイトルで、描かれた虫パンの上の虫は逃げ始めている。

この朝の会話で生まれた「虫パン」のイメージがしばらく頭から離れなかった。女の子は虫が怖いということもこんなに小さい歳から覚えるし、それより虫だらけのパンの絵が印象に残った。ルーマニアで子供のときに初めて暗記したお祈りの言葉の中に、「pâinea noastră cea de toate zilele（私たちの毎日のパン）」と「pâinea spre fiinţă（存在するパン）」という言葉がある。この祈りは誰でも知っている。何があってもずっと心の中でお経のように繰り返して言う。ルーマニアの主食はパンなので、この言葉が示している意味は三つある。生活の糧《かて》として食べるパン、魂《たましい》の栄養、聖体儀礼のパン。こうして考えていくと、ゴッホが初期に描いた「ジャガイモを食べる人々」という有名な絵を思い出す。この絵で農民が食べているのはパンではなくジャガイモなのだ。階層社会のヨーロッパ社会ではパンがどのぐらい「贅沢《ぜいたく》」な食物であったかが一つのイメージで伝わる。ルーマニアの農民も、パンではなくジャガイモ、インゲン豆、トウモロコシの粉を主食としていた。

娘の「逃げたパン」という絵を見ると、かわいい虫たちがパンから逃げるというアニメーションみたいなものを想像させられる。今の時代では当たり前のようにパンを食べられるようになったが、いつかこの子供の絵に描かれているように私たちからパンが逃げる時代が来ると思うと寒気を感じる。当たり前であることの当たり前がなくなる気がした。「今」を生きている私たちがいつか大昔になって、今の食べ物は珍しいものになる。宇宙へ引っ越しして飲むようになる栄養ドリンク、チューブの中のペーストと、色鮮やかな丸い透明の薬がお皿の上に並ぶ。お皿も必要がなくなるので、陶芸が「昔の人間が持っているオブジェ」となり、博物館に飾られる。このぐらいのスピードで世界が変わり、追いつけない者がパンから逃げることになるかもしれない。

こうして妄想をしながら、娘が大好きな「ロボットがいるスーパー」へ向かう。昨年にある携帯会社の店の前に置かれているロボットに触れて、娘たちが大喜びしていた。私はどんなリアクションをするのか観察しようと思って見ていたら、びっくりしたのは、長女は怖がらず、すぐロボットの手を自分の手で触って、ロボットが混乱して認識できないように無駄に手と指を動かしたこと。それでも娘は血が流れていない冷たいロボットの白い指を触って手をつないだ。人間の子供は無差別にすぐ触りたがる、手をつなぎたがることがよくわかった。娘は「かわいい」とロボットに話しかけた。

人間はこうやって触ろうとするということについても、未来のＡＩは、この文章を人間がどんな動物だったのかを分析するデータとして見つけるだろう。人間は触るのが大好き。人間の手は、柔らかくて、温かい。それは恋しいともいう。子供が生まれたときも抱っこしていると最初に感じるのは、「あたたかい、柔らかい感覚」。未来のＡＩは人間は自分の脳に騙されて生きていると思うかもしれない。例えば、愛という幻はそうかもしれない。でも、私はこのぐらい騙されてもいいと思う。愛だけはパンの代わりにあってもいい。これは人間にとっては栄養だ。毎日のパンのようなものだ。ＡＩと手をつないで歩く未来の人間も想像できる。そのときには電波で脳がつながるし、お互いにイメージで話ができる。もしかしたら、コミュニケーションの面で少し楽な世の中になる。

この前は映像人類学を教える講義で私が尊敬している研究者の映像を見せたら、学生に「匂いまで感じる」、「音楽がすごい」、「触ったような感覚」と言われた。当たり前だが「イメージ」とは五感を通すということを忘れてはいけない。特に若い子はこう感じると気づき、嬉《うれ》しかった。こうしてみると毎回、新しい命が生まれ、世界がすごいスピードで更新されることは悪いことではない。速度が速いと感じる者もいれば最初からこの速度に合わせて生まれる者もいる。

私の脳に詰まっている祖父母の家のイメージ。匂い、音、家の伝統的な織物の飾りの色、祖母が糸から織った寝巻きの触り心地、風に揺れるカーテンとたくさんの窓からくる眩《まぶ》しい光、庭の葡萄《ぶどう》の木の葉っぱの動きと花の匂い、割れるまで成長し、爆発しそうな赤いトマト、キャベツ畑に集まる何百何千ものモンシロチョウ、豚小屋から聞こえる豚のいびきと卵を産む鶏《にわとり》の声、私の足を刺したあとに針を失くして死んだ蜂の葬式で忙しい私は、刺されたところが痒《かゆ》い。庭で集めていた死んだ虫のお墓にたくさんの花を飾り、痛痒くて耐えられない足を塩で揉《も》んで、蜂の小さな透明の針を抜いて踊り始める。逃げる虫を追いかけて、足で土を踏んで踊り続けた。

別の講義では、伝統芸能が四百年以上前から人から人へ伝えられて、更新されるときのことを喋《しゃべ》りながら、将来では人から人へ、ではなく人からAIへ、そしてAIからAIへと伝えられることを自然と想像し、必ず続く踊りを想像した。もう一度、娘の絵を見るとパンの上の虫の動きはどうしても踊りにしか見えない。そうか、見方次第でモノもスピードも変わる。逃げたパンではなく、踊ったパンというタイトルでどうかなあと娘に聞いてみる。この前もスーパーの駐車場で大きなスピーカーからオルゴールのような音楽が流れて、娘と三人で踊った。駐車場で踊るのも初めてだ。

昨年見た夢。祖父母の村で他の子供と裸足《はだし》で遊んでいたら、突然大きな音とともに地面が揺れて、目が耐えられないほどの光と爆発で倒れる。「逃げて」という声に従い祖父母の家に向かって埃と煙を吸いながら、逃げようとする子供の自分がいた。すると、家の遠く、駅の近くに原発のような建物が見えて、その上にもう一つの太陽が煙の中で光っていた。太陽が二つあるようなイメージだが、もう一つの太陽は少しずつ核のような丸い光に変わって、周りから「そっちを見ないで、目が見えなくなる」という声が聞こえる。「もう、遅い、見ちゃった」と思いながら夢から覚める。

火星には二つのお月様があると娘に絵本を読んで知ったが、綺麗な景色だと思いつつ、もしかしたら、独裁者は火星のお月様が一個、ほしいのではないか。

天王星でルビーの雨が降っている

車のラジオをつけると「天王星でダイヤモンドの雨が降っている」とラジオのアナウンサーが言った。かなりのハイテンションで言った。眠気と闘っている私まで嬉しくなった。天王星は綺麗な青い色をしていると話し続けているので、思わず次の信号で携帯をとって調べ始めた。住みたくなるような色。

そのあと好きなＮＨＫラジオの演歌の番組に切り替えて、また眠気と闘いながら「カジマチ」という弘前《ひろさき》の夜に賑《にぎ》やかになる街を通り過ぎる。たまたま幼稚園のお迎えに行くときこの町を車で通るけど、毎回面白い看板が二つぐらい目に付く。ずっと前から入りたいと思っている特別な映画館とピンクの服を着ているアニメのお姉さんのお店。ピンク色の看板に白くて太い文字で「男性天国」と書いてある。この雰囲気はラジオから聞こえる演歌にピッタリだと感じて私は完全に眠気から目覚める。ただの三分ぐらい、別の世界に入って出るというような毎日の繰り返し。帰りも娘たちから「ルビアン」というお店の前に一時停止するたびに「行きたい、行きたい」と言われ、いつか連れてってあげるからと言いながら右に曲がる。昭和の雰囲気がたっぷり残っている喫茶店「ルビアン」のパフェが食べたい。

ある日、私が気に入っている無印の性別に関係ないズボンを穿《は》いてお迎えの帰りにコンビニに寄った。娘たちはおにぎりが食べたいと言う。一人で降りたほうがグミなど他の買い物をしないで済むから「車で待っていてね」とお願いして、窓を全部開けて急いで店に入った。長女はツナマヨ、次女はシャケと二人の好みが違う。私の手作りおにぎりも好きだけど「コンビニ」のほうは特別感があるらしい。一、二、三という袋の開け方も、海苔《のり》を破らずにできるかどうか私は最後までドキドキする。日本に来てから一度も成功していない。長女は得意技のようにすぐできるから彼女に任せる。

コンビニでおにぎりの開け方について考えながら、知らないあいだに変わった振り付けのように一歩下がって、後ろにいた人にぶつかった。そしたら後ろにいたお兄さんがニヤニヤし始めた。無印の性別がないズボンを穿いても女性として見られることに対して複雑な気持ちになった。結局、自分の性別から逃げられない、と買ったおにぎりを手にとって店を出た。

そしたら、車のクラクションを鳴らしながら前面に開いている窓から顔を出して泣いている二人の娘がいた。私が遅かったせいで泣いていたらしいが、どう考えても二分しか経ってなかった。それより先に、私にニヤニヤしていたお兄さんは店を出たとき、娘の姿を見てすごくびっくりしただろう。そうだった。女性だけではなく、母親だった私が性別不明のズボンを穿く意味がなかった。

『Wasp』という短編映画を思い出した。二十五分間で、シングルマザーである主人公の世界を描く女性監督のアンドレア・アーノルドはすごい監督だ。ここ何年か前から、日本で生活しているシングルマザーの研究を始めた私にとってリアルな映画だ。私も今まで出会った女性の物語をこんなふうに描きたい。シングルマザーではなくてもお母さんという生き物の生態をよく撮っている。映画は主人公が裸足でマンションの階段を降りて娘が喧嘩《けんか》していた子供のお母さんと戦うシーンから始まる。赤ちゃんを抱きながら。そのあと偶然に、昔の知り合いと道端で会ってデートに誘われる。先ほどのシーンからの彼女の切り替えがすごい。裸足なのに、赤ちゃんを抱いているのに、男にデートに誘われ女性を捨てることができない。だから嘘《うそ》をつく。この子供たちはベビーシッターで預かっている、夜になったらバーで会えると。

急いで家に帰ってビンに入っていた小銭を集める。バーに入ってもドリンクは注文できそうだ。ミニスカートに穿き替え、ベビーカーを押し、子供たちを連れて夜のデートに向かう。その前に、家で砂糖の袋を長女に渡す。「シェアして」という一言で、長女は小さい子の手のひらに砂糖をのせてみんなは嬉しそうに舐《な》める。このおやつに対して常識的なお母さんならば眉をひそめると思うが、私はこのシーンに対して共感しかなかった。研究ですごく忙しいとき、マフィンと甘いパンを焼くなんて、とんでもない。私が焼くマフィンとパンは美味いけど研究のほうが大事だと言ったら、死刑だろうね。正直、娘たちが隠れて台所から砂糖を盗んで舐めることは何回かあった。私はただ見ないふりをした。

彼女はバーに着き、子供たちを店の外で待たせ、一人で入る。なんともない振る舞い。それでも彼女は子供たちを家に置き去りにせず、少ないお金で自分と彼のドリンク、子供にコーラを買い、ちょくちょく様子を見に外に出る。女性でありながら、彼女はやっぱり母親だ。最後に外で待っている子供たちはお腹が空いて、待ちくたびれ、赤ちゃんの口に蜂が入りそうになり、「ママ」という長女の呼びかけに彼の車から飛んでいき、子供を守る。最初から最後まで彼女の複雑な境遇がリアルに映し出された、濃い二十五分の塊だ。最後に、デートしていた男性がお腹を空かせた子供たちをフィッシュアンドチップスの店に連れていって、お腹いっぱい食べさせているシーンで終わる。男性の優しさに感動するが苦い味が口に残る。この最後のシーンは監督の願いかもしれない。こんな優しい男性がいることを願うしかない。

ところで、調査で出会ったシングルマザーの女性のルビーの指輪は私のピアスと同じ色だった。彼女の用事のために車であちこち回りながら、五時間ぐらい話をして楽しかった。彼女のライフヒストリーを知っている私が、彼女の声となって伝えたい。前に言われたことを思い出した。「私たちは似ている」。似ている理由は女性だから、母親だからではない。彼女は赤いルビー、私は赤いクリスタルのピアスを毎日のように魂の現れとして輝かせて一生懸命に生きているからだ。天王星でルビーの雨が降るところを想像してみた。東京タワーのようにたまに赤から青に色を変えても良い。

ある日、小学校の近くで長女を待っている間、知り合いのお母さんは私の疲れた顔を見て「昨日はすごく疲れていたね、歩いているのではなく浮いているように見えた」と言った。そのあとに「私もあと三年で仕事がしたい。やっぱり専業主婦は嫌だ」と言われて、嬉しかった。

団地ラボラトリー

小学生のころ、ソビエト連邦のドキュメンタリーで見たシーンを何度も再現しようとしていた。映画の中では特別な能力を持っている子供がソビエトのラボラトリーで観察されていた。寝ているときに身体が浮かぶという現象がみられたため、科学者のチームが脳波などを詳しく調べていた。人の能力と可能性、脳の中の使っていない部分についての話だったが、当時の私はあのラボラトリーのイメージを見た瞬間とても懐かしく思った。なぜか、私もあの子たちに共感して、住んでいたコンクリートの団地がラボラトリーそのものだと思えてきた。

あの夜から毎晩のように寝る前に身体を浮かす練習をした。まずは目を閉じてベッドで横になる。家族が寝付いたあとの静かな時間だったから、自分の心臓の音がはっきり聞こえる。二十代のときに大手術を二回受けたあとの経験でいうなら、全身麻酔から覚めて起きるときに聞こえる音は、機械につながっている自分の心臓の音そのものなのだ。この音は自然だ。生きるというサインなのだ。でも、身体はとても重くて、全然浮かばないのだった。

身体が動かない、無のような状態。そして、最初は手が上に勝手にゆっくり、ゆっくり上がり始める。自分は意識しているが、自分で動かしていないという状態だ。戻そうとしても戻らない。上のほうに誰か透明人間がいて、引っ張っている。心臓の音はものすごく大きく聞こえる。瀬戸内海の豊島《てしま》にあるボルタンスキーの「心臓音のアーカイブ」という美術館を訪ねたとき、あのときの感覚を思い出した。私の心臓が聞こえるだけではなく、誰の心臓なのかよくわからないが誰かの心臓が聞こえる。次はもう片方の手が上に上がろうとしている。

自分の身体と周りのモノとの距離がない状態だ。浮かぶ感覚が少し把握できて楽しくてしかたがなかった。宇宙飛行士の感覚を味わっているようだった。ベッドに横になったまま足だけ浮かぶ状態は、身体のパーツがバラバラになったようだった。皮膚でつながっているけれど、バラバラに浮かび始める。足の筋肉がピリピリするような感覚があって、足の片方が上にゆっくり上がり始める。普通ならすごく不自然な状態で、腕と足は上に浮かんでいる。でも私にとって苦痛ではなく、逆にこうやってバラバラに感じる身体は自由になった気がした。時間はどのぐらい経ったのか、どこにいるのか、わからなくなる。暗い中、見えるのは自分の肌だけだったが、透明になり始めたと感じた。

さまざまな想像をする。寒いのでラボラトリーのテーブルの上で私は大きなカエルになった。意識を戻すと、片方の足しか浮かんでなかったのが、もう片方も浮かび始める。ゆっくりと。今度は自分の胸に重さを感じる。足と腕を上の空間に刺したまま、胴体だけベッドの上に残っている。ここから何時間かの作業が始まる。腕と足は違う世界に入ったままだ。胴体は胸のあたりが重くて全然浮かばない。何度試してみても〇・一ミリも動かない。結局、諦めて寝る。悔しい。

昼の間はクシシュトフ・キェシロフスキの『デカローグ』にも出ている元社会主義共和国の地方都市の雰囲気を生きる。人と人はすれ違うが、お互いの苦悩を知らないまま、すれ違う身体同士は同じ空間を生きている。

夜になると私は自分だけの小さなラボラトリーに戻る。しかし、毎晩同じことが起きる。胴体は全然浮かばない。

高校に上がるまで、あきらめずにこの「研究」を続けたが、ある日、答えが見つかった。その日、モンシロチョウが私の腕に止まっていた。晴れた秋の日に団地から解放されて、祖父母の庭に座って遊んでいたとき、弱って飛ぶことのできない蝶《ちょう》が私の腕に止まった。初めて蝶に触れる感覚だったのでびっくりして、私の腕の上を歩く蝶を何時間も観察した。蝶は私の手のひらで死んだ。そのとき、私の身体が浮かばない理由がわかった。人間の心臓が重いからだ。蝶や虫のように軽くなれないのだ。閉じ込められた空間で浮かぶことができない。人間が周りの景色を見る目は限られている。別の角度から虫メガネを通したように世界を見ればいい、とそのときに思った。ジョン・ミューアがいうとおり、自然を身体全身で見ることができる。目だけではなく。あの団地に閉じ込められたからだとわかった。結局のところ、社会主義という実験では、人間は自然の一部としてあつかわれてはいなかった。

思い返すと、あの団地で自分の脳の可能性をもっと訓練すれば、私もグリゴリー・ペレルマンのように天才数学者になれたかもしれない。数学が得意な父はお酒を飲みながら、一生懸命に数学を教えてくれたが、私の脳の可能性はそこにはなかった。詩を読むことが好きだったのだ。世界を表現する方法は一つだけとは限らないと思って、浮かぶ実験をやめた。

現在、サンクトペテルブルクの労働者階級向け高層マンションで、慎重に報道陣を避けつつ母親と暮らしているペレルマンは、自分たちソビエト連邦時代の学生は、非常に幼いときから抽象的な言葉で考える方法を学ぶことによって、優れた能力を開発した、と語っている。「赤ん坊は、生まれた直後から経験を積み始める。腕や足を鍛えられるなら、頭脳だって鍛えられないわけがない」

ペレルマンは、小学校のクラスで「解けない問題」に出会ったことはなかったそうだ。ところがあるとき、聖書の中の逸話で、キリストが水の上を歩くことができたのはなぜかと問われ、答えに窮《きゅう》したという。「沈まずに水の上を徒歩で渡るためには、どの程度の速度で歩かなければならないか、解決しなくてはならなくなったんだ」。自然科学を超える自然の理解がきっとあるはず。

ダンゴムシに似ている

人類学者のグレゴリー・ベイトソンの本と私の出会いは、人類学を専攻してすぐのころにあった。ベイトソンとミードの『Trance and Dance in Bali（バリ島におけるトランスとダンス）』をYouTubeで飲み込むように見た。ナレーションは「科学的」なナラティブを目指しているにもかかわらず、トランスに入る人々の身体をスローモーションで映し出しているため、映像を見ている側までトランスに入る気分になる。

獅子舞《ししまい》のフィールドワークを始めていた私は、永遠にそのイメージの魅力から抜け出せなくなるという予感がした。今でもきっと私はずっとベイトソンとミードがバリ島で撮った映像を再現しようとしている気がする。バリの踊りはいつも夜におこなわれる。だが、ミードたちには一九三〇年代の機材で撮るという制約があったので、地元の人々は特別に昼間に演舞することにした。いつもトランスに入る女性は年寄りの女性だったのに、白昼だからと村の偉い人は若く「美しい」女性を出演させた。それでも、真実に、永遠に、あの人類学者のレジェンドがバリの踊りとトランスを映像に収め、映像人類学という新分野が生まれた。このフィールドワークがきっかけで二人は結婚し、一人の娘をもうけ、二万五千枚の写真、六千七百五メートルの十六ミリフィルムを記録し、『バリ島人の性格――写真による分析』という名著が出版され、それまで文字中心だった学問に新たな展開が開けた。

この挿話は人類学者なら誰でも知っているが、私は同性のミードよりも、ベイトソンのほうにむしろ興味を覚えた。研究者として、女性の私は女性を対象にフィールドワークしてきて、男性中心の学問の中で突出したミードに共感するのが当たり前だが、なぜかベイトソンに興味が湧いたのだ。彼の映像と写真の撮り方に不思議なものを感じた。偶然だと思うが映像を見る前、彼が書いた『Naven』を読んで、ニューギニアのイアトムルという「首狩り族」の儀式の話を知った瞬間に私の身体の感覚が奪われた。Navenという儀式のときだけ、普段は厳格に守られている常識とルールを破ってもよくなり、女性は男性となり、男性は女性となり、この儀式によって、一時的にお互いの感覚を味わうことができる。一日でもいいから男になってみたいと思っていた私に、世界が広い視点から見えた。ベイトソンの本は彼にとって実験だったというが、アメリカ社会を含めて、世界に紹介されたイアトムル族の思想がどれだけ理解されたのか不明だ。『アナーキスト人類学のための断章』を書いたデヴィッド・グレーバーも言っているように、一般のアメリカ人にとっては、イアトムルのような人たちはアメリカの日常世界から隔離されており、本当は「原始人」や「単純社会」などが存在しないことが信じられないという。人類学は、「未開社会」や「原始社会」が現代世界では虚構に過ぎず、自分たちの社会は他の社会と比べて優れているとはいえないことを論証してきたにもかかわらず。

さて、ベイトソンの死後、論集『精神の生態学へ』が再版された際に序文を書いた娘には、ベイトソンの講義は外国語のように聞こえ、「ベイトソンは何かを知っているが、私たちに通じない」という噂《うわさ》がベイトソンの耳に届くほどだったと言う。この本だけでなく、ベイトソンの理解がどんどん学問の世界では薄くなって、逆に言えば学問はベイトソンの考えに追いつけなくなったのかもしれない。こうした思考は明らかにバリとニューギニアで得られた西洋的ではない視点から生まれたが、聞いている人々には「外国語」にしか聞こえなかった。

東京大学で『Ethnographic Film』という本の著者、学者のカール・ハイダーと面会した。かつてベイトソンと友人だったと聞いて、とても羨ましかった。ベイトソンを表す言葉は一言だった。それは「紳士」だそうだ。この言葉を聞いて、憧れていたベイトソンと実際に会った気がした。そうだ、私は女性だが、「紳士」になりたいと思った。アメリカ人のハイダーがいう「紳士」とは、貴族みたいな人を指しているのではなく、イギリス出身のベイトソンの開かれたマインドを表す言葉だと思う。今日の人類学では同じイギリス出身の「紳士」、ティム・インゴルドに受け継がれた。

ベイトソンの論集の第一篇は「メタローグ」と名づけられ、自分の娘との会話をそのまま載せている。子供のときから周りとのコミュニケーションがうまくいかず、言葉に疑問しか持っていなかった私にとっては、ベイトソンが自分のエッセイに子供とのこうした会話を入れることは救いだった。メタローグとは「問題となっていることを単に論じるだけでなく、議論の構造が全体としてその内容を映し出すようなかたちで進行していく会話」（『精神の生態学へ・上』佐藤良明訳）のことだ。ベイトソンは初めにメタローグの定義を書いたあとにこう書く。「進化理論の歴史を見ると、それが人間と自然との間で交《か》わされ続けているメタローグになっていることに気づく。進化についての観念の生成と、観念同士の相互作用は、必然的に、進化プロセスを例示しているのである」（前掲書）。ギリシャ語の「メタ」とは「後、ポスト、向こう」という意味を持つと同時に英語では「自分のこと」であり、「ローグ」はギリシャ語の「ロゴス」、つまり「語り、言葉、意見、文章」という意味である。このようにみると西洋的な哲学で意味づけられているロゴスとは違う解釈ができる。メタローグとはポスト言葉とも言える。

先日、幼稚園にお迎えに行ったら、娘はグラウンドで捕まえたダンゴムシを手に取って言った。「ママは今日はダンゴムシに見える」。私は「えー？ダンゴムシに似てる？　どこが」と聞いた。娘は、「うん、すこしダンゴムシを持ってて。ぐるぐるしたい」と私にダンゴムシを預け、グラウンドの築山の柔らかい草の上に身体を丸くして、ボールのように下まで転がる。預けられたダンゴムシは、早速私の手の平で細い足を出してのんびり歩き始めた。娘に「私の手から逃げるよ」と言うと、「ママ、ダンゴムシはこうして持つのよ」と、親指と人差し指の間に小さなダイヤをつまむように持つ仕草をして、また築山の下まで転がった。手の平にダンゴムシを丸めて、娘のアドバイスに従って親指と人差し指の間に持つことにした。こうして

053　ダンゴムシに似ている

見ると丸い、小さな塊から命のバイブレーションを感じる。ものすごい生の力というか、心拍のようなもの、生まれる前のお腹の赤ちゃんのようなもの、命に溢《あふ》れる流動的な動きを。この瞬間に私もダンゴムシになった。娘のいう通り、似ている。「だから地球が丸い」と叫びたくなった。

ナメクジの世界

ある朝、玄関に行くと思わず身体の奥から大きな声が出てしまった。音が聞こえるかどうかわからないが「どうしたの？　何の騒ぎ？」という目で見られた。立派なナメクジが私の真っ正面に立っていて動けない。虫だとすぐ逃げるのに、この出逢《であ》いでは私のほうが逃げるべきかどうか、すこし迷った。なぜかというと、大きくて、太くて、顔立ちまで素晴らしいナメクジだったから。「この家の主《ぬし》はあなたか？」と聞こうと思ったぐらい、空間の感覚を失った。態度はともかく、立派、男前というか「こんなデカイ私を見てほしい」というか、じっとして動かないし、私のほうが邪魔あつかいされた気がした。アリスが芋虫と出会うシーンというと通じるかもしれない。自分の大きさを忘れてしまうほど、自分が小さくて、ナメクジが大きく見えた。

この家には最初から子供とともにさまざまな生き物が住んでいる。ゲジゲジもペットとして娘が可愛がってきたし、家をジャングルにしたい自分がさまざまな植物を植えて、増やして、その土から生き物が出てくる。その一人はナメクジ。家にいたい気持ちもわかる、家の外では石の下に天敵のコウガイビルが発見された。大きかったらしい。黄色かったらしい。あとはスズメバチも昨年はミントの花に寄ってきて危なかった。なので、ナメクジがカタツムリの殻を捨てて進化した理由は、家に住めるからだったかもしれない。自由に動けるからではない。そのぐらい、この家を気に入っていて、私のほうは、なぜここにいるという顔をされた。一瞬、ナメクジの目から見えた自分の存在が消えた。なぜ、ここに私はいる？　ナメクジみたいに綺麗なキラキラした跡も残せないのに。

梅雨明けの東北。夕方になると同時に違う方向から毎日のようにネプタ練習の太鼓と笛が聞こえ、そしてその音に負けない蛙、蟬《せみ》、鳥たちの声。蚊取り線香の匂いと公園のハスの香りで落ち着くけど、お祭りの前の雰囲気が家の植物までわかっているみたいで、新しい青葉が見える。ネプタの時期は、昔は子供が作られる時期でもあった。鰺ヶ沢《あじがさわ》の海開き、メロンロードのスイカとキャンプ、バーベキュー、ホームセンターから買った花火、短い夏の日々が忙しくて、ワクワクであっても線香花火のように最後にポンと落ちて消えてしまう。八月の中旬からお盆のお迎え火と送り火が町と周りの村に見えたらもう冬だ。ナメクジの跡が見えなくなり、この家ごと殻に戻ると想像しながらカーラジオから好きな番組、「音楽遊覧飛行」が流れて、アルジェリア出身のＤＪがアルジェリアの音楽をアメリカで流行らせたという。

私は日本の音が好き。世界で流行らせたい。お祭りのとき、交差点に立つといろんなところから同時に聞こえるお囃子《はやし》の音がばらばらと世界を再構築する。そんなインスタレーションを作りたい。日常からいろんな音をサンプラーで集めて、聞こえないナメクジのために（生き物の生態に詳しい長女によればナメクジには音が聞こえない）作品を作りたいと思う。伝導でも伝わるかもしれないし、どういうふうに世界を見ているのかナメクジにならないとわからない。ナメクジが文章を書けないのは一番残念だと思う。でも長女によれば書けるので、ナメクジの文章をこのあとに載せる。長女はナメクジの心の中を明らかにするらしい。

「僕はナメクジです。昨日の夜、◯◯ちゃん（長女の名前）という女の子に会いました。僕のお家《うち》を一所懸命に作ってくれました。そして帰ってしまいました。次のときに来てくれました。また僕を見つけてくれて、僕は岩の隙間に隠れていたら◯◯ちゃんが新しいお家を頑張って作ってくれました。また来てほしいよ、でも僕は突然◯◯ちゃんたちが家づくりの途中で、逃げてしまいました。それで◯◯ちゃんたちが探しても僕の姿を見せませんでした。そして◯◯ちゃんたちが帰ってしまいました」。

ナメクジより

ナメクジの文章を文学作品として評論したら、進化の中で殻を失ってしまったノスタルジーが残っているみたい。もっといえば、性別がないナメクジにとって、家父長制へのノスタルジーもみられるかもしれないが、最後に女の子から逃げていることはいろんな分析ができ、ミステリアスな雰囲気を残すためあえて解釈はしない。複数のパースペクティブから世界を見ないとわからないことがたくさんある。生き物の気持ちと声をまだわかっている娘たちにもっと聞いてみたい。

人間と同じように、ナメクジによると思う。普遍的なナメクジはいない。SFアニメのように受け止めればもしかしたら、ナメクジは「これは俺の家だ（お前を含めて）」と言ったように考えられるかもしれない。未来ではきっとこの家を自分のものにする。核戦争のあと、この日のナメクジは代々の先祖が誰も食べられなかった放射線たっぷりの庭のイチゴを吸って生き延びるのだ。未来のナメクジ社会を家父長制に戻さないためにも、家（殻）はないままでいい、ノマドのほうがいい。漫画家並みに上手な絵を私の横で描いている娘のイノセントな目を見ると考えすぎたことに気づかされる。娘の絵では、虹色スカートの女の子は目がキラキラで、誰かを抱っこしようとして腕を広げて、素敵な笑顔にほっぺたがピンクで、髪の毛にピンク色の可愛い動物がいる。今日は公園で見た野うさぎの可愛いバージョンが描かれている。この明るいオーラの女の子が未来の女の子に受け継がれてほしい。ナメクジを含めた世界のバリエーションをもっと疑わずに見たい。

スライムに入れるラメを発見した次女が家中に散らかして、床と階段、ベッドと人の身体にまでキラキラしたラメが残っている。何百ものナメクジが家中を歩いて跡を残したとしか思えない。

野良犬

私が子供のときのルーマニアの田舎の音は野良犬の鳴き声だった。野良犬は群れを作って、世界の終わりのような状態で街を支配していた。誰が誰を支配していたのか曖昧なところだが。学校の帰りに野良犬の群れに追いかけられたりしてすごく怖かった。どこの道を通っても団地の間から犬が出てきて、吠《ほ》える。一番危ないのは母野良犬で、自分の子供を必死で守ろうと人が近づかないようになんでもする。田舎では子犬が産まれるとその日のうちに母親犬の元から離して大きな袋に入れ、袋を縛って川にそのまま流したり、村はずれの森の片隅に捨てられたのを見た。

人間のやることにはもう驚かないけど、夕方、森や川のそばを通ると子犬の鳴き声が聞こえて心が折れそうになった。車に轢《ひ》かれた小さな子犬と猫の死体が完全に乾燥してアスファルトにぺたんこになるまでどこの道にもあった。それでも生き残る子犬がいて野良犬の社会を作っていたので街の中は彼らの鳴き声で賑やかだった。人間とうまく付き合う犬もいれば、人間に殺される犬も、群れから離れて生きる犬もいた。子供からすれば、いつ襲われるのかわからない状態で、団地の前で遊ぶときも、駅や学校まで行くときも、その辺をなわばりに暮らしていた犬に用心する。襲われたら、パンでもやれば逃げられると思ったけど彼らは大体ゴミの周りに集まっていたので腹がそんなには空いてない。ここは、蜂と同じように、刺激を与えず、必死で落ち着いたふりをして、そっと、そっと、通り過ぎる。

野良犬のほうこそ相当人間という生き物が怖かっただろう。何をされるかわからないし、いつも犬の死体があったのは、誰かに殺されたあとだったから。

それでも街は命に溢れ、家の中は蚊とゴキブリで溢れていた。一年に一度、私たちが住んでいた団地から遠くない空き地にサーカスも来ていた。とても痩せているライオンと象を見て、生ゴミを食べる野良犬のほうが太っていると感じた。いつも野良犬の群れで賑わっていた空き地に急に大きなテントが現れ、動物と人間の汗の混ざった匂いがして、ショーの音が聞こえた。テントの前でロマの女性が美味しそうな林檎《りんご》飴《あめ》を売っていたが、母はこの林檎飴はおしっこしているバケツ（昔のルーマニアの家はトイレもお風呂もないため、夜は玄関にバケツか樽を置いてそこで用を足す人もいた）の中で作られるからと言って買ってくれなかった。サーカスのテントが何日後かに何もなかったように消えてしまうと、また空き地に野良犬の群れが現れ、残されたゴミを食べて、すべて日常に戻る。

野良犬といえば、アンドレア・アーノルドの十分間の映画、『Dog』を思い出した。私が育った地方の街と同じ雰囲気で暮らす女子高生は、母親に叱られながら短いスカートを穿いて彼氏とデートへ出かける。彼女はストリートにいるカップルを羨ましそうに見ていた。こういうシーンを入れるのが、アーノルド監督の上手いところ。ただ、恋の温かさを求めている若い女性の心の奥にまでカメラが入る。デートといっても彼は彼女のお母さんから盗んだ金で大麻を買って町外れで一緒に吸うことしか考えていなかった。麻薬を買ったときも、部屋に集まっていた若い男性が彼女の短いスカートをべとべとした視線で見ている。脳が薬でやられていた男性の顔がものすごく気持ち悪く映っている。

草むらはゴミだらけで、近所の子供が遊んでいたのを彼氏が追い出して、捨てられたソファの上で行為をし始めようとしたところ、どこからか現れた痩せた野良犬が下に置いてあった買ったばかりの麻薬を食べてしまった。そのシーンを見て彼女は夢中になっていた彼を無視して少し笑った。なんで笑うと聞かれて犬を指差したら、彼がしょんぼり。ナメクジに塩だ。怒って、彼女をソファに置いたまま、犬を強く蹴り始める。犬は死ぬ。女の子の目の前で。行為の途中で犬が殺される、あまりにも不思議な展開に彼女はびっくりして逃げる。恋のようなものを求めた最初の経験はトラウマにしかなってない。犬を殺すことによって彼氏の本質が現れた。急いで、家に戻ると、先ほど怒っていた母親が待っていて、すぐに彼女を叩き始め、暴力を振るう。彼女は大きな叫び声を出して部屋に閉じこもる。家に帰っても本質的に暴力である。この映画は十分しかないにもかかわらず、さま

ざまな悪い条件に追い詰められた人間のほうが野良犬よりよっぽど危ない
とわかる。

ドリームタイム

クロード・レヴィ＝ストロースが死んだ日、私は民俗学実習で訪れた青森県南部地方のある村で、他の学生と泊まった温泉宿のテレビを観ながら夕飯を食べていた。その地域の新鮮で高級な食材である馬刺しがお皿に置いてあって、私は右目でクロード・レヴィ＝ストロースが亡くなったというニュースを、左目でそのお皿に置いているわずかな「赤くて生の馬の肉」を見て、どうやって処理したものか悩んでいた。隣に座っている女子学生にあげると、彼女は嬉しそうに「美味しいのに」とニコニコしながら食べた。それ以降、どうしても自分にとってクロード・レヴィ＝ストロースと馬刺しが結びついている。

人類学を学ぶために日本に来ていた私にとって、彼の巨大さはその時点でもわかっていて、村の温泉宿で彼の死のニュースを受け止めていた。その夜、温泉で先生にかけられた言葉も「イリナ、レヴィ＝ストロースが死んだのを知っている？」だったが、しかしそれよりも、私にとっては他の女子学生と自分の先生と裸で温泉に入っていることや、馬刺しを食べることのほうが、自分の生まれた場所にはない、衝撃的な瞬間だった。確かに、私は自分が知らない世界の入り口にいた。

村にいるあいだ、日中は村中を歩き回った。神主さんから聞く土地の神社の由縁、仏教や山伏の歴史、伝統芸能の鶏舞《けいばい》や権現舞《ごんげんまい》——そこでの経験は、正真正銘「初めて」見て、聞き、触れることばかりだった。おまけにその村には、密かにこの地に辿《たど》り着いたキリストの墓があるのだという伝説まであった。

夜、一日中村を歩いて村人から話を聞いた学生たちは、その日の話をみんなの前でする。漬物の作り方から村の行事まで、多様なエピソードが部屋の空気を満たす。そのとき、私にはあの村が小さな宇宙に感じられた。ルーマニアの農家出身の私は地球の反対側にきて自分の身体で確かめたかった、本でしか読んでないことを。

例えば村の神主さんがうちは先祖代々山伏だったのだとキラキラした目で語り、資料を見せてくれるとき、「ミクロ」なレベルで、自分も目の前の人間も変化する歴史の一部なのだとわかる。それは、本や史料を読んでいるときとは違う感覚だ。それを私は「ミクロ感覚」と呼んでいる。津軽地方での獅子舞の調査を始めたときも、さまざまな保存会を訪ねて話を聞いて、演舞を見て、「獅子舞は自分たちの血に流れている」という話を聞いた。「目の前」の生が身体から身体へと伝わる。

イギリスの人類学者のティム・インゴルドによれば「他者との関係が、あなたの中に入り込み、あなたをあなたという存在にしている。そして同じように、関係が他者の中にも入り込むということなのだ」（『人類学とは何か』奥野克巳、宮崎幸子訳）。このように、私にとってフィールドワークは地元の人と「共に」あって、内面的な世界を外へとつなげてくれる。

日本の土地土地に残る民俗――東北のシャーマンであるイタコ（女性）とカミサマ（男性）、女性の出産と子殺し、民間信仰のオシラサマ――を学ぶたび、自分が生まれ落ちたところと異なった自然観、宗教観、習慣を真剣に受け止めることができた。特に、ルーマニアの正教会の信者の家庭という共同体に生まれた私には、宗教、神話、信仰、儀礼、祭りといったものは最も興味をひかれる対象だった。なぜかといえば、そこには人間だけではなく、人間以外の「みえない」存在が含まれているからだ。『世界の宗教大図鑑』という本の中で、私が人類学者として一番興味を持ったのは最後の章に出てくる「土着宗教」である。宗教学者である著者は、世界の大きな宗教について丁寧に説明した上で、この章では各地の先住民の伝統的な宗教に触れることは欠かせないという姿勢を示している。キリスト教、仏教、イスラム教と違って、それらはしばしば文字で書かれた様式を持っていないため、儀礼や口承によって伝わる場合が多い。また、信仰者は自然に囲まれて生活している傾向にあり、「霊的な領域と日常生活はひと続きの同じものであり、宗教だけを切り離すことはできない」(『世界の宗教大図鑑』中村圭志監修、黒輪篤嗣訳)。

さらに、この章では、シャーマニズムと創世神話についてわかりやすく説明しながら、さまざまな民族について触れている。

ヤノマミ族のシャーマンについての解説には、「シャーマンの体の中には、この世界と同じように山や森や海がある世界が広がっていると信じられており、そこに住みついた霊たちはシャーマンの指示に従うようになる」とある。ヤノマミ族のシャーマンで市民運動家であるダヴィ・コペナワ・ヤノマミという、宗教家であり政治的リーダーでもある人物のことを写真付きで知ることもできる。

私は講義で学生にヤノマミの映像を見せている。この講義で初めて人類学という学問を知る学生もいる。彼らはイメージと音を通してヤノマミの世界観を知るが、あまりにも自分たちが生まれ育った環境と違うために、びっくりする学生も多い。

映像には女性が森の中で出産をするシーンがあり、母親が生まれたばかりの赤ん坊を抱っこすれば「人間として育てる」、抱っこしなければ「精霊の世界に戻す」として、母親が子供の生死について決定権を持つという。出産後、母親が胎盤を葉っぱに乗せるシーンを見た男子学生は、「びっくりして話せなくなった」と感想を寄せた。その出産の生々しいシーンが映像を通してブラジルから遠く離れた日本の学生の前で披露され、驚きを与えたが、血まみれの新生児も胎盤や臍《へそ》の緒の処理も、基本的なところは世界共通なはずだ。

また映像には子供を川で遊ばせながら、女性が赤い木の実を塗って顔と肌を整えるシーンもある。ある女子学生は、「この女性たちは化粧する私たちと変わらない」とコメントをくれた。そういえば、私自身もクロード・レヴィ＝ストロースの『悲しき熱帯』をフランス語の原書で読んだとき、写真がほとんどなかったにもかかわらず、語りがイメージの川のように流れ込んできたものだ。先住民はビーズが大好きで、いつも自分の身をビーズと鮮やかな色の羽で飾ると知って、内面的に自分と変わらないと思った。他者は身近にいる生命だとわかった瞬間に、内側で生じる。

もう一度『世界の宗教大図鑑』を最初からめくると、著者は「この世に宗教的でないものは何ひとつないともいえる。(…)自然科学すら元は宗教的だった。宗教と科学が袂《たもと》を分かち、別々の探求の手段になったのは、わずか三百年前のことにすぎない」と冒頭で強調している。

これは宗教学者の立場から書かれている本だからではなく、すでに書いたように、先住民の自然観を例にとっても、生き方と日常と「目にみえない」霊の領域は明確に分けることができない。英語の religion という言葉はラテン語の religare に由来する。訳すと「しっかり結びつける」という意味になる。いわゆる宗教と信仰は人を結びつける。

ここでは、私はreligareの「re」に注目したい。religareとは「再び」結ぶという意味も持つ。人類学者のインゴルドはこのように言った。「近代西洋人とは想像の産物である。あるいは、哲学者ブルーノ・ラトゥールが、有名な著書のタイトルに付けたように、『私たちはこれまで近代人であったことはない』」(前掲『人類学とは何か』)。

このラトゥールの本のタイトルは、レヴィ＝ストロースの著作のタイトルとよく似ている。『Nous sommes tous des cannibales(私たちはみんな人喰い人種である)』。

ヤノマミの映像を見たあと、学生は感想を「現代日本と比べて」で始める。だから私はいつも、ヤノマミが同じ現代人であることを教える。そんなとき、教えるには文章だけではなく、図鑑と映像、イメージという手法が大事だと気づく。

『世界の宗教大図鑑』では、世界宗教のイメージが丁寧に説明され、曼荼《まんだ》羅《ら》、仏像、お祭りと礼拝の様子、イコンなど、夢のような世界を知れる。特に、オーストラリア・アボリジニのドリームタイム（創世神話）の絵が印象に残る。女性は自分が住むことができる場所を探していて、結局、地球を見つけ、槍《やり》を与えられた男性とともに暮らし始めるという神話だ。ドリームタイムとは英語のdream timeであって、それは「夢の時間」を意味している。

インゴルドによれば、人類学者は「夢見る人」であり、人類を変容させる力があるという（前掲『人類学とは何か』）。また、人類学者という存在はハンターと同じであるとも言う。

なぜならば、両者とも周りの環境を鋭い感覚で把握し、「観察から学び、物事の内側からそれを知るために皮膚の下に入り込む生の技法に従う者」

だからである。

加えて、アートと宗教の役割もこれと同じだ。社会や文化を「説明」することのできる数的なデータと違って、内面的世界には、分類も解釈も及ばない微細な感覚と真実がある。その意味では、インゴルドもマリノフスキーも同様の目的意識を持っている。そして、インゴルドの論述からは、この目的が他者と「共に」行う作業の中で、複数の道が開かれる可能性が民族誌に存在することが示される。さらに、インゴルドは人類学という学問が、全ての人に居場所を作る方法を持っているとする。

その「方法」とは、他者をカテゴリーや文脈に当てはめながら説明するのではなく、他者を気づかいともに学ぶことである。

綿飴、いちご飴とお化け屋敷

デパートの最上階の温泉に週に何回も行くことになった。家から車で八分、町の真ん中にある。暗い駐車場に入って、最上階までグルグル回るのが好き。儀式のように感じる。明るいところから暗いところに入ると、目が一瞬、見えなくなる。この瞬間は違う世界に入ると感じる。東京に住んでいたころも世田谷区の温泉をよく使っていた。銭湯と温泉の解放感が癖になる。日本では、場の境界線は薄い。一つの状況から次の状況に移動するのに何秒もかからない。デパートの温泉もその一つ。

昼前に突然薄暗い風呂場の中で他の女性たちと裸になってゴシゴシ身体を洗う。ここに来ると街で見かける彼女らの顔が全然違って、外の世界ではなかなか見せない顔が皮膚の表面から眼の奥まで伝わってくる。この顔をどこかで見たことがあると思い出そうとしていたら、露天風呂に入りながら風が吹いていたその日にお湯の表面に虹の輪が光って、お祭りのときの人の顔だと気づいた。

娘たちも温泉に入るのが好きみたい。一人で行ったことがバレたら「ママはずるい」と言われる。娘たちは二十分ぐらい離れている西目屋《にしめや》の「しらかみの湯」という場所がお気に入りだ。夕方に弘前市から岩木川沿いを通り、六月初めのアカシアの花の匂いが後部座席の全開した窓から入ってきて、娘たちはアカシアの蜜を飲む蜂に変身した気分になる。アカシアの花の天ぷらもサクサクに揚げて、食べるときには心の中でお祭り騒ぎだ。

ルーマニアにも春になるとよくアカシアの花が咲いて、そのあと一年中アカシアの蜂蜜を食べていた。懐かしい味と匂いだが、天ぷらにすると油で揚げた花の甘みが大人の味になる。甘塩《あまじょ》っぱい気持ちのように日本酒とよく合う。アカシアも元々日本の植物ではないからお互いの気持ちがわかる。人間も植物も動物も移動し、変化し更新し、生き続けてきたと実感する。

ある夜、寝る前に娘たちとの会話が盛り上がった。今回は蟻について。長女は「昨日は小学校の男の子がたくさんのアリを殺して、かわいそうだったよ」と、手の平にアリの山が乗っている仕草をした。次女は幼稚園で女王アリを見つけて怖かったと、身体で女王アリの真似をしながら虫が怖いアピールをし始める。ここから私は女王アリのイメージをよくするため、真面目に女王アリの生態を説明し、卵を産むこと、ママであることを主張する。娘たちは「ママが女王アリだ」と歌い始め、ベッドで不思議な儀式が始まった。私が卵を産む代わりに次女は私の足の間から出る踊りを振り付けた。そういえば、この前も公園で散歩していたとき、突然に次女は「ママ、〇〇ちゃん（自分の名前）が生まれたね！」と初めて気づいたように言った。

こうした気づきが最近はよくある。例えば、ショッピングモールのフードコートで、次女は可愛いピンク色のドーナツを選んで、満足した顔で食べ、ずっと上を見ていた。そのとき、「ママ、〇〇ちゃんは空を見ている」とニコニコしながら言った。上を向いてみたら初めて窓があるのがわかった。その何日かあとに蒸し暑い家の中にいて、窓から外を覗いていた次女は「小鳥さんは外に自由に飛んでいるのに、〇〇ちゃんはなぜ家にいるの？」と右と左とを逆に靴をはいて、返事を待たずに外に出た。ここ二ヶ月前から、たんぽぽの綿が出始めた。次女からみれば種が生きているとしか思わない。その綿が風や人の息で揺れているのではなく、動いているから生きていると思っている。そのタネを集めて、「かわい子ちゃん」という名前をつけて毎日のように家に連れてくる。「かわい子ちゃんは口がある?」と聞かれたとき、答えが見つからず、食べものをあげようとしているとわかった。たんぽぽ綿に綿飴《わたあめ》を食べさせようとした場面も。

次女の一番怖いものが弘前さくらまつりのお化け屋敷だ。コロナが明けたあと、屋台が大好きな娘二人にとってさくらまつりの弘前公園は世界で一番ワクワクするところだった。獅子舞の練習に赤ちゃんから連れていったおかげなのか、二人ともお祭りという時空間が居心地いいらしい。長女も街のあっちこっちを車で通るとお祭りに行った場所を一歳から覚えている。ここは美味しいイチゴのかき氷、ここは「やーやどー」（ねぷたまつり）と次女も言う。今年の弘前さくらまつりも満喫した二人にとって綿飴といちご飴の記憶が鮮やかだ。

お祭りといえば、もう一つ思い出がある。私がお気に入りの昭和風な食堂でタコとつぶ貝のおでんを食べたあと、綿飴といちご飴の屋台に辿り着くためには、お化け屋敷の前を通らないといけない。人混みの中を歩くと、客寄せの声がスピーカーから聞こえてくるけれど、次女は怖すぎて屋台の裏に隠れてなかなか前に歩かない。たくさんのお化けの絵と人を呼び寄せるおばさんの声が独特で、本物のお化けがいるとしか思えない。本物と偽物は、最近では自分の中のテーマであり、「ひょっとしたらお化け屋敷ではなく、本物のお化けは人間の腹黒さの中にいるかもしれない」と思った。

講義でも口癖になっている言葉があって、それは「共感」だ。人間は知らないことが怖いがその反対に「共感」というものがある。学生にさまざまな民族誌映画を見せて、「原始社会」と「未開社会」という言葉をなぜ使ってはいけないかを説明する。アフリカのアザンデ族についての映像を見せたあと、家に帰ったら学生からメッセージが届いて、講義の感想とともに、一言「アザンデ族が羨ましい」と正直な心の言葉が書いてあった。これからずっと人類学を真面目に若い人に届けたいと、自分の道を信じた瞬間だった。ジャン・ルーシュの『狂った主人公たち』を日本語の字幕なしで見せた日も心に残る。学生は「言葉からではなく」身体で全てのイメージを受け止めて、植民地化される側の気持ちに共感できたと言う。

今日も娘たちと西目屋の温泉に向かっていた。途中から岩木川の近くで花火大会があると気づき遠回りになったが、夕暮れの空に朝顔とハート形の花火の合間に見えた雲を見て、長女が思わず「綿飴みたい」と呟《つぶや》く。次女は田んぼの蛙の声を聞いて「お化け屋敷の音だ」と言う。この時期にいろんな種類の蛙が相手を探して、声でアピールする。ウシガエル、アマガエル、ヒキガエルが同時に聞こえ、お祭り気分が永遠に続く。浴衣を着て、コンビニの前と道路沿い、家の前でバーベキューをしながら酒を飲んで花火を楽しんでいる人々がいた。

きのこ雲

車の助手席に子供が食べ捨てたお菓子の袋、幼稚園から持って帰って作ったことも忘れている工作などとともに、寺山修司の『家出のすすめ』とヴァージニア・ウルフの英語版『A Room of One's Own and Three Guineas（「自分ひとりの部屋」と「三ギニー」）』というエッセイ集を私が置いた。長女と次女の送り迎えの時間がバラバラで、ズレがあって、駐車場のための競争もあって、車で時間をたくさん過ごしている日々が続いているなか、車の中でも本を持ち出すしかないという決断に至った。同時に本を五冊以上読む癖がある私が、なぜ車の中で読むにはこの二冊にしたのか自分でもわからないが、寺山の一ページ目の「他人の母親を盗みなさい」と、ウルフの五ページ目の「有名な図書館が女性に呪われているなんて、有名な図書館にとっては全くどうでもいいこと」という文章を読むと、一日分の燃料をもらった気がする。ウルフの時代では女性は図書館に入るために特別な招待が必要だった。何が嘘で何が本物かわからない世の中だけど、いつもこうして本で確認できることがある。

秋の朝の光に飛んでいる賑やかな「結婚トンボ」のほうに目が奪われる。結婚トンボというのだ。今年、初めて知った。トンボまで結婚させられるなんて少し悲しい。トンボもわかってないのに。やっぱり、人間は勝手だ。何日か前に稲刈りのお手伝いに行った。娘と泥んこまみれになってお米はどうやって作られるのか身体で感じた。自然乾燥のお米が一番美味しいとよくわかった。私も棒に束をかけて、できる限りお手伝いした。足が土に入って、手が稲を触って、頭に太陽が当たっただけで身体の奥から大きな喜びを感じた。田んぼの中で、娘が頭のテッペンから足の指先まで泥だらけになって大騒ぎして笑う。そして人間だけではない。何千ものトンボ、バッタ、蛙、蝶々、鳥がいる。トンボもバッタも二匹でくっついていることが多い。でも結婚なんてしていない、光の中でただ一緒になって命の踊りを続けている。地球というところはこんなところだ。

稲の束を運んでいるあいだに、泥の中から体の半分がない蛙が跳んできた。黒い泥に赤い血が混ざる。体の半分がないにもかかわらず普通に動いている。慣れているかのように。多分、稲刈りの機械が当たった。でも蛙も自分も悲しくない。頭の中で「新しい足がきっと生える」と思う自分がいる。血と泥が混ざっているイメージが脳に残る。稲刈り機は男が操作している。田植えのときもそうだったが、自分も体験してみたくなる。機械は大きくないのに、エンジンがついているせいで田んぼの泥の中に吸い込まれそうになる。自分の身体の限界を感じる。機械に勝てない。重いし強い。二回往復して男の人に任せる。

農作業の大変さは子供のときから知っている。身体が疲れすぎて、何も考えられなくなる。よく眠れる。でもいくら働いても足りない。草はまた伸びるし、虫が実を食べるし、水をかけないと日差しの下で全部枯れる。だから農薬と機械などを人が作りたくなる。蛙は何匹でも犠牲にしても。蛙の命まで犠牲にして食べていいのかと思うときがある。人間はきっと必要以上に食べている。育った村には田舎に憧れて都会から移住してきた家族たちが何組もいたけど、何年か経ってから都会に戻る。大変だから。森のキノコを食べた家族が毒キノコだと知らないまま、大変な目にあったこともあるし、村で馴染めない。昔からいる人たちがその地の精霊に受け入れられているから、なかなか他所《よそ》からの人を受け入れるのは難しい。

その土地を守るために村の人同士で結婚して、一生その地で過ごす人たちがいるけれど、村の中では近親相姦《きんしんそうかん》、レイプがよく起きる。育った村ではこのような話が子供の自分の耳にもよく届いていた。特に村の噂で印象に残るのは、一人ぐらしのお婆ちゃんたちをレイプする男だった。子供同士の包丁の刺し合い、親と義理の息子の関係、若者と動物との関係、などさまざまである。この点を考えると田舎を早く出たくなるし、憧れもなくなる。何が正しいか、何が間違っているのかを見分けることが同じ場所にいるとできなくなる。だから人類は最初はノマドだった。視線を変えて、環境を変えてそして違う価値観と考え方に触れることによって更新される。

最近では自分の中で「移動」というテーマに敏感になった。行き詰まったとき、旅に出る。この前、三年ぶりに電車に乗ってわかった。昨日までの世界から離れて遠くへ行く。距離をとる。電車に乗るとわかる。私はいつも間《あいだ》という状態で生きている。機械で足を切られたあの蛙と同じ、新しい足が生えるまで、更新されるまでゆっくり、また速いスピードでいろんな人や場所から離れる。そして結局のところまた農作業に戻る自分もいる。りんご畑の手伝いでは今の作業とは葉とりである。りんごに平等に光が届くため周りの葉っぱをとるという作業。これは機械ではできない。春の実《み》選《すぐ》りと同じ、一瞬、一瞬の判断でやる。りんごの位置など、さまざまな条件を参考にして周りの葉っぱを取ってあげて、種類によっては少し回して光を浴びるようにする。また、木の下にシルバーシートを敷く。下から光が反射し、りんごが赤くなる。シルバーシートを敷いた経験があまりにも鮮やかで魂に刻まれている。現代アートのような体験だった。太陽の光の下でりんごの気持ちになって自分も赤に染まった感覚だった。シルバーシートを敷くたびに眩しい光で目が見えなくなる。写真のフラッシュのように世界が何回も、何回も生まれ変わる。

家の植木に突然キノコが生えたと発見した朝は大喜び。その名はコガネキヌカラカサタケだとキノコ図鑑でわかった。人間はなんでもカテゴライズするし、知らないことを否定するし、怖いものを殺そうとしているが、キノコはただいる。そして死んだあとに雲になる。最近の研究では山の中にできる低い雲はキノコの胞子を核にしてできているらしい。娘たちが秋田からの帰り道で雲をずっと眺めて「ママ、雲に乗りたい」と言った。無人販売で買った朝どりのきゅうりを齧《かじ》りながら「ママ、私たちは河童になった?」。きのこ雲を見てから後ろを振り返ると、きゅうりを笑顔で齧る娘はカッパにそっくりだった。移動している車から見える外の田んぼと雲が遠くにあるのではなくものすごく近くに見える。

ヴァージニア・ウルフの時代には女性は図書館にさえ入ることができなかったけど、硬い考え方を破って娘の時代になると、彼女らはなんにでもなれる気がした。彼女らは光の速度でこの世界を見る／知る自由があるのだ。駐車場が車でギッシリ詰まったころに、十三ページの「すぐに滅びようとしている世界の美しさには、笑いの刃と苦悩の刃があり、心をバラバラにする」という一文を読んで、車から遠くにある山の上に浮いているきのこ雲を眺めた。

狼が死んでいた

色鮮やかな靴で七年ぶりに渋谷を歩く。紫と黄色、ネオンブルーとピンクの混ざった靴を、エレベーターのフランス人夫婦がジロジロ見ていた。中学生のとき、靴は一足しかなかった。それはレモン色で、当時の暗い思いを吹き飛ばすような鮮やかさだった。迷子になった女の子の気分で渋谷を歩く。七年以上前に手術したあと、当時住んでいたアパートからバスですぐだったので、人が見たくなったら渋谷まで出てずっとあたりをうろうろしていた。あのときも今も、渋谷とは一人で来るところではないと気づく。

久しぶりに駅にある岡本太郎の絵を見に行こうと思ったが、なぜかスクランブル交差点へ。人の波に飲み込まれそうになった瞬間に方向転換して109へ向かう。いつも、私は急に波と違うほうへ歩き出してしまう。「狼《おおかみ》が死んでいた」と不思議な声が聞こえる。どこから来ているのか疑わず、あまりにもシュールな声に涙が出る。すれ違う人がたまに私のほうを見る。すれ違う外国人がどこの国なのか当てようとする。きっと私が東ヨーロッパなのはすぐバレる。東ヨーロッパの人の目が悲しいとよく言われるから。

朝、ホテルで起きたとき、グラスに残ったルビー色のワインの上にそのまま水を注ぐと、濃いルビー色は薄い血の色に変わった。最近あった悲しい出来事を思い出して泣き始める。ジワジワから激しい涙まで。窓の近くのマスタード色のソファーで丸くなって、悲しいことを頭で映画のように再生させて、ソファーと一体化するまで泣く。窓から見える朝の渋谷の色、空の色、ソファーの色、ワインの色は昨日の夜と全然違う。友達からもらった花の匂いを近くで感じる。外に出なきゃ。

エレベーターの前で待っていたら、突然大きな自動掃除ロボットが私に近づいて「どうしたの?」と聞かれる感じがしたが、人がいるとセンサーが判断した瞬間に、まるでお化けでも見たようにロボットが私から逃げた。私に悲しい出来事があっても誰も知らない。渋谷の真ん中で服を脱いで裸で踊ろうと一瞬思う。ジーン・リース「あいつらにはジャズって呼ばせておけ」の主人公がやったように。彼女の言う「骨まで疲れている」とはまさに私の今の状態だ。「人生とは映画じゃない」と昔、弟に言われたことを思い出すが、私には映画にしか見えない。携帯のメモリーから映像と写真を消すのと同じ。脳からメモリーを消せばいいのに。

昼に食べた高いローストビーフサンドはこの世のものと思えないぐらいまずかった。隣のテーブルで仕事に夢中になっている若い男性の坊主頭にある大きな、鬼の爪で傷つけられたような手術の痕らしいものをずっと覗きながら、残りのサンドイッチを飲み込む。そっか、私だけ傷を持っているのではなかった。青森についたら、誕生日ではないのに「お誕生日おめでとう」で娘が迎えてくれた。「バヌアツどうだった?」と聞かれる。なぜかバヌアツに行ってきたと思い込んでいるらしい。確かに、今回は東京ではなく、遠い旅に行ってきて、生まれ変わったかもしれない。

死んでも生きる

眠れない夜にお腹が空いているときがある。血糖値を上げて眠くなるようにしている。ハチミツが一番効くけど、ここ最近ではイチジクをいろんなところからいただいたので、イチジクを食べて眠くなる。熱い、娘が喜ぶピンクか、赤、オレンジ、紫の色が付いたバスソルトのお風呂にたっぷり浸かったあと、イチジクを食べて寝ると不思議な贅沢感がある。少し腐ったイチジクがいつも一個は入っているので、汁が出て、コバエが寄ってくる。子供が拾った栗からも虫が出ている。夜中にそれらに気づくけれどなんとも思わない。ケンタッキーフライドチキンのポテトが入っていた袋に娘はたっぷりドングリを詰める。横に倒れている袋からドングリが転がるイメージが脳に残る。

それでも眠れないとき、携帯の電池が切れるまでレオ・ウェルチのライブを聴く。彼のピンク色のギターと靴の夢を見るといいと思いながら。何年も前に彼のギターと同じピンクのレトロなキャデラックを運転している夢を見たことを思い出した。ピンク色のキャデラックを運転すると幸せな気分になる、夢であっても。

娘たちも私の寝つきの悪さを受け継いだようで、三人でどうやって寝ればいいか、毎日の悩みになっているが、そんな時間は面白い会話が生まれるきっかけでもある。長女が「いつ寝る?」と聞いたら、次女は「ずっと起きたら寝る」と答えて、笑いたくなってますます眠れなくなる。また、ある夜に長女は「人は死んでも生きるよね？」、「自分は何年まで死んでも生きる？」と聞き、どうしても返事が欲しくて泣き始めた。この質問にどう答えたらいいのかわからなくて、その夜に娘は先に寝たが、私は完全に眠れなくなってしまった。

眠れない理由は疲れていないからではない。秋は休みの日でも忙しい。獅子舞の練習、門付け、演舞、畑遊び、川遊び、パーティー、観劇、さまざまなイベントでスケジュールが一杯だ。ただ寝るのは勿体無いという違和感との戦いなのだ。食べることも、寝ることも身体に必要だが、生きることがあまりにも嬉しいとき、眠れなくなる、食べられなくなるという逆転現象が生じると最近気づいた。生きる時間が短すぎるという意識が強いかもしれないが、焦っているのではない。

温泉が大好きな私たちは水曜の午後に気に入った温泉へ向かう。山と川は紅葉していて、春にアカシアの花が咲いていていたときに同じ道を通ったイメージが一瞬よぎった。こんなに早く、青と白から赤と茶色に変わるのかと。娘は秋の空に広がる雲を見て「猪《いのしし》だ、馬だ、犬だ、亀だ」と小さな脳でもうすでに世界を作っている。「ママ、山がついてくる、○○ちゃんのところに」と次女が叫ぶ。そう、車が動いているのではなく、山が動いているとパースペクティブを変えないと、この世界の理解は難しい、と運転しながら考えるだけで目眩《めまい》がする。瞼《まぶた》を一回閉じたら、世界が消える。温泉のサウナに入りながら、二分で出る約束だったから娘がサウナの窓ガラスに小さな手と身体をくっつけているのを、幻のように感じる。もう、二分が経ったのか、もうここにいる。そしてまた夜になって寝ないとだめ。眠れない。

ある日、友達の畑で白いTシャツを藍染めした。秋の日差しの中で、なぜか何百匹ものてんとう虫が飛んでいて、服、顔、腕、髪に止まった。てんとう虫だらけの人間になって、私が好きな青臭い、生の藍の葉っぱをミキサーで潰した。真白い服をその液体に入れると鮮やかな緑色になるとわかった。てんとう虫の赤と葉っぱの緑で世界が赤と緑になった。畑で干している緑色の服を見ると、周りの森と同じ色だ。その夜に見た夢でもその服が出てきた。夢ではもっと濃い、キラキラしているエメラルド色だった。娘に雲が動物に見えるのと同じ、私の脳の中では色がもっと素敵になっていた。娘の質問の答えを見つけた気がした。人間は死んでも生きることはできないが、人間がこの世界から刺激されて、魂をエメラルドグリーンに染めて、作る本、作品、映画、音楽などがその人が死んでから何年も生きるのだ。毎日、創作をする娘たちを見て、私ももっといろんなものを作りたくなる。人間とはクリエイティブな生き物だった、最初から。

葡萄の味

土曜日の夜、アゼルバイジャンの作曲家が作ったバレエ音楽をラジオで聴きながら、娘たちと三人で獅子舞の練習から帰る。ドラッグストアでドリトスを買って、久々に食べたくなったから片手で運転してムシャムシャ食べている自分が車の外から見られている気がする。自分が夜行性の野生動物にしか見えない。スナック菓子ではなく、猪を齧っている顔だ。今は車の中なのか、外なのかわからないぐらい浮いている気分だ。それはそう、何年か振りに獅子舞を舞ったから。下手だったが、その時空間では私の身体がものすごく軽かった。何百年も前の踊りを身体に与えるチャンスを、生きているあいだに誰もが一度でもいいから体験してほしい。その踊りにはこの世の全ての秘密が隠されているから。

言葉はいらない、歴史も地理も、音楽も、国語も、社会も、科学も、全ての科目が一瞬でわかる。その上、身体は透明になってあらゆる生物とつながるという感覚になっていく。腰を低くしていたせいか、手術の傷あたりに気持ちのいい痛みを感じた。山伏由来の踊りだ。治療された気がした。その夜はお囃子がなかったが、音が身体の奥から響いた。誰か歌っていたかもしれない。こんな美しい世界だったのかと練習を終えた娘に言いたくなる。みんなはつながっている。みんな同じ生き物だと周りのメンバーと遊び出す子供を見て、自分の足と頭、腕がバラバラに集会場に広がる感覚になる。帰りのラジオでアゼルバイジャンのバレエを聴いてピッタリだと思った。このバレエで獅子舞をやりたい。

真っ暗の帰り道で育った村のことをよく思い出す。村は世界のどこでもあまり変わらないかもしれない。同じ星が光っていることは確かだが、暗やみも同じ。薪《まき》ストーブの匂いも同じ、空気も同じ味がする。私の村にはりんごではなく、葡萄畑が広がっていたのはただのディテールなのか。葡萄の味といえば初恋の味だ。ドリトスを食べながらこのことを思い出すのかと自分に怒りたくなるが、あのころのイメージが頭の中で苦しいと思うぐらい再生されている。外に出て遊びたい子供のように。どこの村でも、初恋はどれも同じようでもあり、違うようでもある経験だろう。普遍的な初恋の経験がない。ここ最近の私の疑問——生物の身体、物体の経験は普遍的ではないことが確かなのに、なぜ社会は普遍的にしようとしているのか。社会とは何？　誰？

娘がなぜか隣で「パチンコをやりたい」と言い出すから自分の考えが切れた。「やったことがある？」と聞くと、「ない」と答えるけど、キラキラした光に魅了されて入ってみたくなるそうだ。パチンコには入ったことがないけど、初めて日本に来たときの、コンビニ、ドラッグストア、ゲームセンターに入ったときの驚きを覚えている。それは私にとっていまだに現代アートのような体験だ。

ドリトスを買ったときも、新しくできたドラッグストアで娘とピカピカの床を踏んで足音に敏感になって、棚とたくさんの色鮮やかな商品のあいだを歩いて目眩がした。毎回そうだ。おやつを選ぶのに十分はかかる。多すぎて、次女がどれにするか「迷っちゃう」と、パッケージの写真を見比べ、一番色鮮やかで、一番綺麗な写真がついているおやつを選ぶ。こんな綺麗なプリンなどリアルの世界では存在しないのにね。パッケージの下に小さく「イメージです」と書いてある。文字が読めない次女は幸せ者だ。ある意味で、色のセンスと想像力が育つかもしれないので楽しむしかない。

お陰で、次女はスイカぺぺという観葉植物から来年までに大きなスイカができると信じているし、ペットにはキリンがふさわしいと思っている。「いつキリンを飼う？」と思い出すたびに聞かれる。母親として本当の世界を見せる責任があると言われても、当の母親も本当の普遍的な世界がわからないので難しい。でも、スイカぺぺからスイカができたら楽しいと思う自分がいるので、その想像を壊したくない。世界がつまらなくなる。結局のところ、全ては、人間を含めて種から出るので、その種を植えて何が出てくるか想像することは大事だと思う。想像と体験は同じだ。

初恋の味に戻る。十三歳の遅い秋に私は隣村の従姉妹の家に泊まった。彼女の家の向かいの家に四歳年上で若いころのジョニー・デップそっくりの、村一番のイケメンが住んでいた。彼は私を見て「かわいい、ほっぺは桃みたい」と寒い日に顔が赤くなる私に言った。喋ることはそれだけ。彼の母も私を見て「美人、本当にほっぺが桃みたい」と言った。その夜に従姉妹が私を村のディスコに連れていった。村の若者は酒を飲みながら大きなスピーカーで音楽を鳴らして踊っていた。私は初めてこんな所に入ったから音と光、タバコの煙で目眩がしたが思い切り踊った。テンポがゆっくりのラブソングが始まって気づいたが、カップルでくっついて踊っている者が多い。彼が私を誘って、初めて暗やみの中で彼の黒い目が猫の目のように光ると気づいた。それ以降、このような経験はもうないと思うほど身体が溶けるような感覚で彼とつながった感じがした。帰りに何も喋れないまま畑のあいだの道を歩いて、従姉妹の家の前のベンチに二人で座った。ベンチの上に葡萄の木があって、黒いスチューベンの葡萄が見事に実っていた。彼の目も、スチューベンも黒かった。星もお月様もない夜に葡萄を食べたあと、人生で初めて男にキッスされた。口の中に広がった葡萄の味が身体に染みて、いまだに感じている。初恋は永遠に葡萄の味がする。桃ではなかった。次の朝に街に戻って、毎日、彼に会いたくて泣きながら高校の受験勉強をしていた。彼にもう会うことはなかった。たまに本当にこんなことがあったかどうかわからなくなるときもあるが、口の中で広がるスチューベンの味を身体が覚えている。

娘たちと獅子舞の練習から帰って車でアゼルバイジャンの音楽を聴きながら、隣の村の彼と結婚してずっとあの村で暮らす人生を想像した。幸せだったのか。でも、貧困、低教育、ＤＶ、喧嘩の可能性が浮かんできて、想像するのをやめた。でも、なぜか、車の中でチーズドリトスを食べているのに葡萄の味しかしない。

結婚式と葬式の間

こんな夢を見た。満月の夜に川の浅いところで村の男たちが白い服を着て他の男と争っていた。川も彼らも白く、白い魚のようだった。私は丘の上にある家から見ていた。たまに争いから血だらけの男が家に戻ってそこに集まっていた女性が手当てし、お茶を飲ませた。争いというよりお祭りのようにも見えたが夢の最後に女性たちは寝ているはずの子供たちを探し始めて「そういえば子供たちがいない」と大混乱になり、真っ白の月の光で、真っ白の家の壁の近くに凍った子供が見つかった。その瞬間に胸に強い痛みを感じて夢から覚めた。子供たちは生きていると願いながら。家にあったバニラフレーバーのコーヒーを温め直し、日曜日の遅い朝に窓から入る光のハローに入って足を温めた。なんで味がついているコーヒーを買ったのか、まずいと決まっているが思い出のコーヒーだからか。

悪夢を見るのもあまりない近頃だが、男の争いで犠牲になるのは結局子供と女性だという夢。映画にして世界中の人に見せたら、今ガザで起きていることを止められるかもしれない。映画というより、電波のようなもの、魔法のようなもので世界中の人にこの夢を見せたい。世界中の人が同じ悪夢を見て朝起きたら、世界をもっと良いところにしたくなるはず。人は夢を見なくなったのか。悪夢さえも。夢で私たちに伝わることがたくさんあるのだから。その目に見えない力の声が聞こえないだろう。現代人は睡眠薬を飲むからかもしれない。睡眠薬を飲むと夢を見ない。自然の声が届かない。それで中毒になる。薬物中毒、アルコール中毒、糖質中毒。

私の好きな人は薪ストーブでいつも味のついたコーヒーを温め、ジュースのように甘くしていた。彼女の卵を溶いて、スープに入れる仕草を思い出す。長い髪、子供サイズの服と声のヴァイブレーション。人間とはこのようにもういない人を蘇らせることができる。何年経っても。彼女の結婚式の写真では、ドレスではなく、シャツとスカートで、髪をいつものスカーフで隠し、椅子に座って手に花を持っている。私が生まれてからも庭にずっとあった水仙、チューリップ、ヒヤシンス。彼女の隣に祖父が立って彼女を見ている。こんなに綺麗な生き物を初めて見たというような眼で。女性なら誰でもこんなふうに見られたい。

二人にとって二番目の結婚だった。最初の見合い結婚がうまくいかず二人とも二、三ヶ月で逃げたという。でも二人の元結婚相手について誰も何も知らない。生きているとき誰も聞いてないと母が言う。まるで前の人生から生まれ変わったように二人は夢のようなパートナーを見つけて幸せを手に入れた。私にとっておとぎ話のような二人の人生をいつも参考にしている。二人で花束を何百も持ち、街の市場へ向かう朝方の電車に乗る後ろ姿のイメージを忘れない。祖母が電車のドア近くにいる祖父に花束を渡す瞬間を家で寝ている私が見たはずがないけれどなぜか覚えている。私はあの二人の人生を記録するために生まれてきた。自分としては花屋さんになりたかったのだが。

悪夢で見た男の争いは二世紀ほど前の時代の様子だった。祖父の母が住んでいた家に人生で三、四回しか入ってないが、たしかにあの家だった。その村ではオスマン帝国と戦闘があった。あの家もずいぶん古いから家にも戦いの記憶があるはず。その家は一部屋しかなかった。祖父の母は身体が大きくて、あんなに小さな部屋によく入るクリーチャーだと思っていた。顔も身体も絵本に出てきそうなゴブリンにそっくり。彼女の夫は二十六歳で戦死し、今はウクライナの一部となったオデッサの戦地に骨が埋まっている。祖父の兄を一人で育てた怖い人だったらしい。だから祖母は絶対に同じ墓に入りたくないといつも言っていた。でも死んだときに他の墓が見つからず、やっぱり同じ墓に入った。

結婚式と葬式の間にあるものとは何か。水仙、チューリップとヒヤシンスの花束がある。甘いコーヒーと笑い声、薪ストーブと葡萄畑がある。犬のように舐められた顔がある。窓から入っている光の影がある。それらは精霊のようだ。好きな人の精霊だ。

マニ・カウル監督の映画『Duvidha（夫になりたかった幽霊）』を思い出した。ストーリーは結婚式から始まる。

花嫁と花婿が牛車のような車に乗っている。古代神話のような雰囲気。花嫁は木の実を食べたくなる。それは田舎者が食べるものだからと反対する花婿。色彩と音楽、夢の世界。「バニヤンという昔から住んでいる樹木の精霊は、花嫁を見て彼女の美しさに魔法をかけられたように恋に落ち、彼女の身体に入りたいという欲望に耐えられなくなった」というのが最初のセリフ。水牛の動くスピードと牛車の車輪は運命のリズムだ。花婿が止めるのも聞かず花嫁は車を降りて禁じられた木の実をもいで口に運ぶ。結婚式の清算で忙しそうな花婿の不機嫌な声。彼女は結婚して初日から淋《さび》しさを覚える。そして離れた実家を思い出す、おもちゃと友達、両親と家、湖。花婿は仕事のために翌日から五年間も家に帰れないことを彼女に知らせる。綺麗なインドのサリー、花嫁の赤いベールの下から見える彼女の眼で悲しみがわかる。

その後、結婚したばかりの花婿は家を出て、彼女は義理の両親とともに住む。だが彼女に恋をしていた木の精霊は花婿の姿に化けて彼女を訪ねる。二人の愛の日々が続く。最後に子供ができて本物の花婿が戻ってくるのだが、誰も彼を信じない。そんな物語が色と音、独特なリズムとイメージで観客に届けられる。彼女と精霊の間の五年間の人生は一生分だ。彼女はこんな夢を見たから。

ゴダールが死んだ年に

ゴダールが死んだ年に、私は朝の四時に起き、鏡の前で化粧し、真っ暗闇の中、空港へ車で向かった。シンプルな服にしたがセーターも長いスカートも、どう見ても東ヨーロッパっぽい雰囲気だと自分でも思った。自分の中でこの服装が、昔よく見かけた女教師の服装だと気づく。でも、小さかったときに周りに女性で大学の先生が一人もいなかったので、よくわからない。喋り方も演技もわからない。誰もそう思ってないのに、勝手に東ヨーロッパのコンプレックスが出てしまっている。髪の毛を結ぶかどうか悩んだ。染めてもいないのに薄い色なので、実際の歳よりも若く見える。自分で弱い人間に見えてしまうと思っている。そうだ、私は山で家畜の世話をして、チーズを作る顔だと言われたことがある。それでも、勇気を出して日本に来てから「大学の先生」になる夢を諦めてない。だから今年、ゴダールが死んだこの年に、秋の冷える朝方に、二人の娘が眠る温かいベッドからそっと抜けて、夢へと向かう。私が東京に着くまで起きないだろうが、この二人の寝顔と温もりがずっと自分の身体に残る。ずっと一緒だったから離れるのが寂しい。

空港までの運転はスムーズだった。慣れないヒールの靴でペダルを押すと違和感があったが良い気分だ。夢へ向かうと必ず良い気分になる。長い間、光がない部屋にいて、ドアを開けると新しい空気が入って、光が入って、そしてなぜかカーラジオで流れていた曲は「グリーンスリーブス」だった。飛行機で隣に座った身体が大きいサラリーマンはどこか寂しそうな顔だった。ＣＡはコップに熱いスープをうまく入れられず、二回ぐらい明らかに自分の服と床にこぼしていた。スローモーションで見えた。それを見ていた彼は言葉も出ず、ジェスチャーで止めようとしたがＣＡが冷たい笑顔でなんともなかったように演技を続けたから彼はすぐ諦めた。都会へ久しぶりに出る私には周りの人の全ての仕草と表情がハリウッド並みの演技にしか見えなかった。

電車に乗ると仕事へ向かう人々の姿勢、服装、ブランド名の鞄《かばん》がみな完璧で、ますます私の東ヨーロッパ・コンプレックスが高まった。でも羊を飼いたいと思わないし、私はチーズが好きだが、ミルクは嫌い。アンドレア・アーノルド監督の『Milk』というデビュー作で描かれた女性の悲しみ。出産した赤ちゃんが死んだ。葬儀に行かず道をぶらぶら歩いて、突然に出会う若い男性とドライブへ行く。出産した間もない女性の体は絶えず痛みを感じるにもかかわらず車の中でその男性と身体の関係を持つ。こんな悲しいシーンがあるのかと思うぐらい悲しい。お互いの悲しみに飲み込まれる二人だが、最後に女性の体から母乳が溢れてくる。死んだ赤ちゃんが飲むはずの母乳をその男性が飲むシーンがものすごく悲しい。それは救いのシーンでもある。お互いに救われた。見ている側まで救われた。女性の身体について考えるとこのシーンを思い出す。アンドレア・アーノルド監督について解説書を書きたいと思いながら関東の電車を何回も乗り替えて最初の面接に向かう。

目的の駅に着くと、そこは大学生で溢れていた。アニメと若者雑誌に出てきそうな格好で歩いているその若々しさが好きだと思った。「大学の先生」になりたい理由の一つは若い人たちと話ができるから。私は、教えることが好き。映画について、学問について、本について。私が受けたかった講義を作りたいからだ。でもそれだけではない、私も彼らから学んでいることがたくさんある。この前も自分の研究に役立ちそうなアイデアを学生から聞いた。駅に早く着いた。周りをうろうろしてから昨日の昼から何も食べてないと思い出して駅のすぐそばの料理店に入る。狭い階段を上ることもこのキツイ服でひと苦労だ。学生みたいな格好でよかったのに。いつもパーカーしか着ない自分が悔しい。でも、この世の中の全ては見た目から始まるとわかっている。店には客は誰も居なかったけど美味しそうなワインのボトルが並んで良い雰囲気のビストロだった。マスターは私が普通の顔で洋食ではなく、鯖味噌煮《さばみそに》定食を頼んだから驚く。でもご飯が少なめというから「足りるのか心配なので」サービスでサラダを出してくれた。この店はとてもいいし、いつか夜にここでお酒を飲みたいと思う。またここに来られるといい。会計のときに「先生ですか?」と聞かれたから、私の見た目が先生っぽくなっていたことに安心した。

最初の面接は、模擬講義と質問だった。面接のトラウマが映画大学の受験のときにあるので、模擬講義から入るのは助かった。講義を教えるのは大好き。「人類学入門」として、民族誌映画とジャン・ルーシュの『狂った主人公たち』についての講義をした。とあるインタビューでジャン・ルーシュが「人類学者は私を映画監督と見なしている。映画監督と一緒にいるとき、彼らは私を人類学者と見なす」と言ったことも紹介した。自分自身のイメージと重なるから。学生に早く教えたい、ジャン・ルーシュの素晴らしさ、学生に早く作らせたい、彼らにしかできない映像を。もっと面白い、もっと凄いと自分の中で興奮し始める。面接に集まった先生の目を見ると、それは伝わったみたい。

だが質問では「子供と一緒に引っ越すのか？」と聞かれた。それはそう、青森に置いてくるわけにいかないと、質問の意味がわからなくなる。昨年の面接でも子供のことを聞かれた。聞かれるたびに目眩がする。子供がいる私には仕事はできないと思われている。どういう脈絡で聞かれるのか全然わからない。採用面接で女性に子供の事を聞くことを法律で禁止にするべき。女性の身体は急に「お母さん」に切り替えると弱くなるから。帰りの空港までの五回目の電車を乗り換えたときにそう思った。その日は疲れた。青森に着いたのは夜の十時過ぎだった。山の中にある空港から家まで真っ暗で何も見えなかったので、運転したのではなく、ブラックホールに吸い込まれた感覚だった。

その日から二週間後、一次面接の合格通知がきた。嬉しかったけど次の最終面接のことで一日一日身体が鈍《にぶ》く重くなる。最終面接では大学という巨大組織の偉い人の前で喋るのだ。喋るのが大の苦手な自分にはまた試練のように感じる。講義と違う。それが同じ話であっても。お喋りが得意な人と下手な人は生まれつき決まっていると思う。そして人が人を選ぶ。この場合、私は人間より機械のほうがいい。機械のほうが冷静だから。人が客観的になるのはただの妄想だから。

ここからはカラーではなく、白黒で、早送りで想像してほしい。日帰りで行くのはさすがに疲れすぎるので前の夜に空港へ向かった。何百年に一回の月食だった。運転しながら月が飲み込まれるのを見ると、SF映画のような雰囲気で自分も飲み込まれるとしか思えない。『メランコリア』という映画を思い出す。地球に近づく大きな美しい青い惑星が人類を滅亡させるその映画は、監督であるラース・フォン・トリアー自身の鬱病の症状と感覚を描いている。鬱の主人公は取り乱す健常者の姉とは真逆に世界の終わりを冷静に受け止める。「地球は邪悪です。私たちはそれを悲しむ必要はありません」と、あの青い美しい惑星が地球に衝突する前に彼女は言う。でも、この映画で最後に子供と女性だけが衝突の光を浴びるところは、ラース・フォン・トリアー監督らしいところでもある。姉の夫はお金持ちで、権勢を振るっていた彼は、もういよいよ終わりとわかった瞬間に事実を受け止められず、家族より一足先に隠れて薬を飲み、厩舎《きゅうしゃ》の片隅で一人死んでいくのだった。

横浜の駅に夜中の十一時半ごろ着いた。駅の外を出ると後ろから若い男性に「月食だよ」と話しかけられる。ナンパされている。こんなときに。もう一度私の顔を見て、「日本語大丈夫?」と聞かれる。顔もよく見ずナンパするのはどういう神経かと思う。寂しそうだったが断った。

次の日の面接では不思議な空気が流れた。キャンパスに着いた瞬間に前回と同じ、掃除をしている女性が私を迎えてくれた。でも前回と違って、SF映画っぽい雰囲気が抜けなかった。控え室で待たされ、事務の方はずっと電話で誰かと喋っていたし、面接官がいる部屋に案内されたときもセリフのような日本語で案内された。

部屋にはいずれも私よりずっと年配の男性三人と女性一人がいた。誰が一番偉いのか、ネームタグを読む時間がなかったけど、こういうときには女性が一番厳しいと知っている。年配の男性は九〇年代にルーマニア女性が働く夜の店に行ったことがあるという顔で見られたような気がした。気のせいか。そして質問の山が来た。ニヤニヤしながら左手に座る男性が私に問いかける。答えはなかなか出ないというか、演劇的な質問の演劇的な答えが私の中にない。なんとなく「時代に合った教育を提供したい」という言葉が口から出たが誰にも響いていないと感じる。そうか、この答えではなかったのか。私、脚本を持ってない。なぜか女優のオーディションっぽく感じる。私が研究者っぽい顔じゃないからかもしれない。人と人の間のコミュニケーションとして感じない。目眩がする。バッハの「フーガの技法」が流れていると感じる。面接官の声が聞こえない。年配の女性に可愛いらしい声で本について聞かれたのも雲の上から聞こえた。「一人の女性の経験」としか答えられない。私はニヤニヤする人も、可愛い声で子供に対するように話しかける人も苦手なのだ。ここは、この部屋は間が悪い。バッハのフーガが強く頭の中で再生される。また、ここで強く傷つけられることになるな、と冷静に思う自分がいた。慣れないスカートを穿いていたせいかあとで気づいたがストッキングが捩《よじ》れていたし、「女子学生に寄り添って教育したい」という答え、「女性の身体」の研究、「カラダ?」と漏らした面接官の驚きと私の説明不足、どれがダメだったのかわからない。

家に着いたのはその日の夜九時ごろ。娘たちが笑顔で出迎えた。虹色の熊のぬいぐるみを空港のお土産で買ったら大喜びだった。あとは虹色のクレヨンも。気づいたら前日の昼から何も食べてなかった。不採用通知は二週間後にきた。

ゴダールが死んだ年に私は大学の不採用通知を受け取った。少しだけ自分にとって世界の終わりに見えた。『アルファヴィル』と『Vivre sa vie（女と男のいる舗道）』を見返した。世界の終わりと女性であること。ゴダールもポール・ヴァレリーの言葉「今は私たちが知っている、すべての文明は致命的であることを」に敏感だった。その夜、次女は寝る前にこう言った。「ここ（頭を指す）、脳が古くなったから変えなきゃいけないと思う」。五歳児の、自分の今日の考え方が古くなって新しく更新しなければならないとわかっているという知恵に驚いた。そうだ、人間は更新を忘れているかもしれない。また、同じ夜に、「地球はどこいく？　もしかして地球は人間だったんじゃない？　地球が動いている」と言った。

みえないもの

弘前ねぷたまつりの終わり近くから、青森県に記録的な雨が降った。岩木川に架かる近所の橋が浸水する警報がスマホのアラートで知らされ、何年か前の北朝鮮のミサイル発射以来だと思いながら、セミの鳴き声に近い音だと感じる。雨がずっと続くせいか、音が違って聞こえ、虫とカビが活発になり、植物は濃い緑となる。冬の間、二十一日間も吹雪で太陽の光がないこと（太陽が出たらローカルニュースになる）は普通だが、夏に一週間も太陽の光がないとさすがに厳しい。家の中でもあらゆるところでさまざまな模様を作って広がるカビを発見して、アルコールで拭く前にしばらく観察する。

あらゆるところに広がるカビの生命力に対して無力さを感じる。例えば、完全に自分自身のミスだが、子供がジュースやイチゴミルクをよくシートにこぼすのを知りながら、車の中をカビだらけにしてしまった。ある大雨の日に後ろの窓を全開にしたのを忘れてしまった。ワンちゃんみたいに窓を開けたがる娘がいるのだ。車の中に雨が吹き込んで、次の日に誰か気づいて窓を閉めていたけど、その次の日に車のドアを開けたらペニシリンの匂いが鼻をついて、目の前に豊かなふんわりした雪というか、いや、雪よりふわふわ感のある雲のようなものが車の後ろのバケットシートにあった。ショックだったが、自然とはこのように車みたいな物までを生き返しているというか、車は娘が後ろで踊っているときと同じように、命に溢れていると感じた。なので、怒りより、踊りと命への喜びを感じることが先だった。

車をアルコールで拭きながら薬の匂いを吸い込んで、ペニシリンの発見について考える。発見者はイギリスのフレミング医師なのは知られているが、東ヨーロッパの子供であった私は、フレミングの何十年も前に青カビがバイキンに効くことを科学的に説明したのが、ルーマニアのビクトル・バベシュだと教わっていた。これはただのナショナリズムではない。子供のときに疑問に思っていた、東西ヨーロッパの差に関することだ。ヨーロッパは不平等なところだと最初から知っていた。ソ連が、ドイツを東と西にはっきり分けたことで、東にいる人々は西にいる人々に捨てられて、そもそもヨーロッパかどうか微妙な顔で見られた。そうか、こっちはヨーロッパではなさそうだからヨーロッパ人を演じなくてもいい。そもそもヨーロッパ人であることのどこがいいのかわからないままだったからアジアを目指そうと思ったりした。

オスマン・トルコ帝国の支配をずっと受けた地域に住んでいたから、むしろ東のほうが親しみやすい。歴史の教科書では古代国家ダキアがローマ帝国と対決し、ダキア人女性はローマ人にレイプされて、最後まで戦ったデチェバル王（ローマでの呼称はデケバルス）は自害し、人々はローマ軍人から逃げたと書かれている。こうしてダキア人はローマ領内の先住民となった。

東ヨーロッパの文化は昔から同じことの繰り返しである。誰かを支配したくなる欲望にロシアもふたたび目覚めたのか、力の交代が繰り返された世の中はカビには関係ないのかと、ふわふわのカビをアルコールたっぷりの布巾で潰しながら考えていた。お互いに殺し合う概念はカビには存在しない。逆に、この車を仲良くシェアして共存していて、パースペクティブを変えたら素晴らしいアート作品にも見える。

例えば、当たり前のことだけど家で作るパンが買ったパンより早くカビるのを見ると少し嬉しい。果物も直売所で買ったものは足が早い。この表現もお気に入りだ。足が早いというのは果物と野菜が夜中、私が見てないときに動いているということなのだ。日本ではお盆の時期に野菜と果物に足をつけることに納得できる自分がいる。動いているに違いない。生きているのだから。

生きているものが動いていると思いながら弘前公園に足を運んでいる。つい最近かかったコロナの後遺症のせいなのか、身体が重い。ウイルスに効く薬がない。「治療法がない」と病院の医者に電話で言われたときの声が頭に残る。求めてない気がした。治療を。治療に対しての考え方も今の社会は見直さないと。以前、自分は身体が弱いと八戸《はちのへ》のカミサマに言われた。アイヌの女性シャーマンにお会いしたときも同じことを感じた。お二人ともがとても熱い、そして普段なかなか眠れない私は完全に眠くなって、カビのようにフワッとした感覚になる。すごい力だと思う。この世に必要とされるのは政治家ではなく、シャーマンなのだ。人間だけではなく植物、精霊、生き物の全てをご存じなので。弘前の十三日の夜、多くの家の前のお盆の迎え火を見るとそう思う。この時期に家に帰る死者の霊を導くため、家の前で火を起こす習慣がまだあることに安心する。シャーマンの手も火のように熱いこと、光でできているということなのだ。

弘前公園に辿り着くと北門の前を通って、寺山修司のお父さんが働いた交番、現在は弘前のハズレにある旧消防署の近くまできた。そこから階段を降りて桜トンネルの下を歩く。もちろん、今の時期は桜も咲いておらず、人は誰もいない。むしろ、このほうが好き。弘前に生まれた寺山修司が、お父さんが戦場で亡くなるまでこのあたりにいたと思うと不思議で仕方ない。子供の彼はかくれんぼをしていたに違いない。『田園に死す』を観たときの感覚があまりにも凄かったのを思い出す。そのあと観た『初恋・地獄篇』の「もういいかい、まあだだよ」とかくれんぼをする子供たちの声、面をかぶっている姿が私に深い印象を与え続けた。映画が始まるときの寺山修司の声と投げかける質問も。あの質問は人の奥深くまで覗いている人の質問である。そして隠れたもの、隠された感覚を掘り出す。

寺山修司はお父さんを戦争中に亡くし、母と弘前から引っ越し、青森そして三沢に辿り着く。彼の叔父が小さな映画館を経営していたから、幼少期の寺山はその映画館でたくさんの映画を観た。映画『ニュー・シネマ・パラダイス』の主人公と同じだ。映画の主人公も田舎を出て有名な映画監督となって、記憶と感覚が出会うところで、自分の子供のときの出来事が蘇る。

シネマとの出会いが、光の踊りが、私の人生にも大きな影響を呼び寄せたので感覚がわかる。命に溢れている世界は動いている光で描くことしかできない。書くことも、映像を撮ることも、踊ることも同じだ。かくれんぼをする感覚に近いかもしれない。世界から隠れて世界を発見する。かくれんぼの時空間では、世界を違う角度から見ることができるし、違うものになれる。周りの植物、木、動物と同じ体質、姿になって一体化する。私が書く書物も同じだ。生き物なのだ。

これは獅子舞の研究から学んだことだ。獅子になって、子供のときから感じていたことを確かめた。私であるのに私ではない何かでもあり、世界の肉であった。海の近くに住んでいる長い付き合いの友人（インフォーマント）から十三日に墓獅子《はかじし》をやると聞いた。縁起がいいとされる獅子舞はお祝い事などで舞われるが墓獅子はお墓の前でやる。でも考えてみれば、ご先祖様が「不在の存在」であるだけなので人前でやるのと変わらないのだ。十二年前に墓獅子を初めて見たのと同じ感覚で今も生きている。カビのように世界の片隅に隠れて世界を見ている。そして見ているものを書く。隠れているものに光を当てたいだけかもしれない。初めて書いた本『優しい地獄』は私も含めて、歴史に残らない人たち、誰も知らない人（生き物）たちの物語を伝える、光を当てる試みだった。

生の可能性は複数であることは現代のオントロジーに含まれている。読者は自分と何の関係もない生に触れることによって自分を見直すことができるかもしれない。オートエスノグラフィーという書き方を選んだのは、生き方に透明感を与えるため。フィールドワークでは透明になって消えるまで、自分自身の物語を私に預ける人がいたからこそ私も踊りに参加することにした。そして、これは物語の始まりであって、複数の可能性（pouvoir）の一つでもある。

イランの監督、ジャファル・パナヒのショット映画『Hidden（隠された歌声）』を思い出した。スマホで撮られているにもかかわらず、シンプルに世界を構築、再構築し、間に残ったもの、つまり隠れたもの、みえないものに光を当てる。パナヒは娘と、娘の友達の女性と三人で街から近くのクルド人の住む村まで車で向かっている。車での会話。娘の友人もクルド人で、彼女は女性だけの劇をプロデュースしていて、素晴らしい才能に溢れた、ソプラノのような歌声を持つ親戚の女の子に会いに行く。しかし、劇への参加を女の子の親に反対される。娘の友人はこのイラン女性の問題に焦点を当てることで有名な男性映画監督に親を説得させようとしている。

彼女は監督に向かって、子供のときに歯を見せて笑うのは女性にふさわしくないと言われたこと、男性と同じテーブルで食事をしてはいけないことなど、クルド民族のさまざまなしきたりについて明かす。

到着後、女の子の母親は訪問者に娘を絶対に見せないと断るが、「では声だけ聞かせて」という願いに応え、部屋をシーツで仕切って娘を隠す。シーツの向こうから悲しみに溢れた天使のような歌い声が聞こえて映画が終わる。この終わり方に注目したい。白い、汚れたシーツの向こうの才能に溢れる声が映画を通して、世界に届けられる。誰も知らない、顔も見ることができない人の声が世界から隠れているにもかかわらず世界のものであった。知らないだけで終わらない、光を追うのだと知らされている。

何も意味しないとき、静かに朝を待つ

こぼれ落ちてもう二度と帰ってこない日常を必死に思い出そうとして、スマホの写真アプリを開く。写真は薪ストーブで温まったように熱い記憶と違って、冷えている。窓まで積もった雪の上に屋根から落ちた氷柱《つらら》の跡と同じ、写真の跡が私の身体に深い痕を残す。何年か前の娘たちは髪の長い妖精にしか見えない。海、植物、虫、鮮やかな服、階段に散らかっているぬいぐるみ、バレエからの帰りの練習着で食べる唐揚げ、ラズベリーで汚れた手、川の近くで交尾する蝶々、りんご畑、タンポポ、カエル、フキの葉っぱが天井からぶら下がる写真。獅子舞の映像と写真、インタビューの録音と録画、インフォーマントの若いときの写真。お寺、さくらまつり、おでん、焼いたお菓子、パン、庭の赤い実、杏《あんず》、山菜、キノコ、雪の上の鹿の足跡、信号待ちの映像、また虫、動物の写真、妊娠中のお腹の写真、出産の映像。祖父母の若いときの写真、何年前かルーマニアに帰ったときの弟と私。弟はハリウッド俳優のような顔つき。何年も会ってない。会いたい。二月に家族と行くと言ったのに、戦争で飛行機代が一人三十万円もするので諦めた。

ここ数年、私は意識して自分の日常を撮り、いつかインスタレーションを作ろうとしている。誰も興味を持たないだろう、日常が消え去る一瞬前に撮られたイメージだ。だが普通の写真とは違う。それは事件が起きたあとの証拠写真に近い。大きな穴を掘っているときに土から出てきた面白いゴミのようだ。誰も価値があると思わないようなものについた土を洗うと鉱石の美しさが明らかになる。透明な木の根っこが、写真に写っている全ての生き物を、子宮の中にいる赤ん坊と臍の緒のように囲んでつないでいる。しかし、いくら探しても私がそこにいない。写っている二十代後半から三十代の女性が自分だと認識できない、私の脳は、壊れたＡＩのようだ、エラーが出る。この絡み合いの中で私は確かに存在していたが、生命力に溢れている絡み合った生き物の一部でしかない。娘の発表会のピアノの中にもいたし、森の木の中にも、海の泡にも。確かにいた。こうして写真を見ると音楽に近い状態で存在していたと思うようになった。自分の身体はこれらのイメージと共鳴する平地のような物体だった。広がった、開かれた。外か中にいるのかわからないまま。冷たい川の流れの一部になる日々だった。川の水に雪が降って、また水の一部、流れの一部になる。私もこの写真の川に溶ける雪の結晶だ。

　バッハの『音楽の捧《ささ》げ物』の「六声のリチェルカーレ」が車内に溢れる。歯医者から帰るところだった。顔の半分が麻酔で動かせない。狭い雪道を運転するのは難しい。ブレーキは効かないし対向車があれば譲り合うしかない。自分の車の前に学校から帰る女の子がいて、反対からは車がずっと走ってきてなかなか進めないから、後ろの車がクラクションを鳴らした。女の子は私が鳴らしたと勘違いして、とても寂しげな表情で私の眼を見た。「私じゃない」、「私じゃない」と泣き始めた。この世を傷つけているものは私ではない。麻酔で動かせない顔の半分で泣く。だから戦争がまだあると思った。イライラしてクラクションを鳴らしたのは後続車の男だ。でも私が泣いたのは誤解を受けたからではない。女の子の眼を見て泣いたのだ。私たちはあの人と同じ世界で共存しないといけない。お互いのことを何も知らないまま。彼は知ろうとしない。雪の中を歩く白い犬が綺麗。あの犬になりたい。

スマホの写真の中で探していた写真を見つけた。四年前のシャガールの展示を見に行ったとき、初めて来日した父が笑顔満々の赤ちゃんの次女を抱いている。この写真を見ると次女をではなく、父が私を抱いていると感じる。あのころも孫に会いにきた父と毎日のように喧嘩していたが、昨年の夏にもう一度父が来日したとき初めて共存できた。父は私の周りの知り合いの女性にかっこいいと言われて人気者になった。父はこんな人だったのかと思うようになった。女性に好かれて、かっこいい男の父。冗談を言う父、孫と一緒に散歩に出かける父を見て、自分の父もこの絡み合いの一部であることがわかった。私たちは、いわゆる娘と父の作られた関係ではなく、何かの条件で塊《かたまり》として交差している命だ。父を初めて生命としてみた。人間ではなくてもいい、お互いに、偶然に風に飛ばされて土に触れた葉っぱのような関係でいい。

父のアル中をずっと理解できなかった気がする。この前、東京に行って、潰れるまで酒を飲んだ。自分は酒を飲むとき父になりきっている。今回は自分の限界を超えるまで飲んだ。目眩しながらホテルの部屋で倒れた。いつも少しだけいいホテルの部屋を選ぶのにはまだ誰にも言ったことがない秘密がある。次の朝に大事な約束があったから起きようとしたが動けなかった。酒が全然抜けてなかった。味わったことのない吐き気に追われて壁を押しながらなんとか洗面所に辿り着いて痙攣《けいれん》しながら吐いた。東京のホテルの部屋で身体が動けないままベッドに倒れた夜。飛ぶはずがない白鳥の声が聞こえた。白鳥の声が苦手と思いながら。つらかった。この状態は自分の外からくる湯気のようで火傷《やけど》するほど熱くって苦しい。誰かを呼びたかった。誰かを呼ぶとしたら誰を呼べばいいと身近な人の顔が浮かんだけど、小さな声で「お父さん」と言った。その朝は自分の父が来て、助けてほしかった。自分の父の苦しみが初めてわかった。二人で初めて生きる苦しみを分かち合った。今までの喧嘩と苦しみには何の意味もなかった。お互い理解し難い存在だった。何も意味しないとき、静かに朝を待つ。次女が言うには、そのとき、魂が剝《む》ける。蟬のように、蛇のように皮が剝けるまで待つ。こぼれ落ちる日常が去るまで待つ。なんとなく身体を動かして、イヤホンでケンドリック・ラマーの「ＤＮＡ」を聴きながら朝の混んでいる山手線の電車に乗って渋谷へ向かった。

何も意味しないとき、燃えている森の中を裸足で歩いて、静かに朝を待つ

気づいたら彼女は電車に乗っていた。座っていた。東京のラッシュアワーの電車に乗る状態ではなかったが、彼女は昔から身体を動かすのだけは得意だった。どんな大変なことが起きても、何日間熱で苦しんでも、身体を動かしてゴミを捨て、パンを焼いて、洗濯物を干して、またベッドで倒れる。彼女の身体には彼女以外の生き物たちが宿《やど》っていたこともあると言える。菌類、虫から、目に見えない、想像しかできない生き物まで毎日のように彼女の身体を借りていた。だから、酒を飲むと自分の父親になりき

って暴れ、父親と同じ喋り方をする。電車に乗ると、ぎっしり混んでいたのにちゃんと彼女の座る場所があったことも不思議だった。人の汗とフローラルな柔軟剤の匂いでホテルにいるあいだに感じた吐き気が強くなった。寒気で内心が震えていた。

彼女の前に立っていたサラリーマンは自分のスーツケースで彼女の足に触らないように気を遣った。彼女はこういう人が優しいと思った。本当に優しいかどうかはわからなかった。彼女がくずれた顔をしているので、怖かっただけかもしれない。腫れ物あつかいしただけ。頭の中で、あの人に質問を投げかけ始めた。

「もし、ホテルの部屋で死に近づく人がいたら、助けてあげるの？　逃げるの？　どっち？」

「もし、雨水でいっぱいになったバケツに蜂が落ちて溺《おぼ》れそうになったら、その瞬間に手にとって出してあげる？」

「もし、羽を無くしたトンボを道端で見かけたら、踏まれないようにそっと草の中に置く？」

「もし、車に撥《は》ねられた子猫にあったら動物病院に連れていく？　高いシャツと鞄がその子猫の血で汚れても？」

電車が渋谷に着いたので、彼女は膝を震えさせながら降りた。山手線からバス停までどうやって行くのかわからないまま人波に吹かれて、そのときに足で歩いているのではなく、昔に見た妖怪の絵のように浮いていると思った。携帯を出してナビで行き先を探し始めようと思ったが、行き先がわからなくなる。自分の身体に導かれるしかないと思いながら、ほぼ一ヶ月前に行ったコンビニの前に立った。あのとき、コンビニの前には誰かの吐瀉物《としゃぶつ》があった。彼女は赤いワインを選んだ。店員さんはニヤニヤしてい

151　何も意味しないとき、
燃えている森の中を裸足で歩いて、静かに朝を待つ

た。水を買って、エレベーターに向かって、五階のロビーから空港行きのリムジンバス停に出る。時間がまだ早かったからずっとベンチに座って待つ。なぜか一ヶ月前と同じ場所に同じ状態でいる。もしかしたら、身体は同じことを繰り返すのが好きかもしれない。同じトラウマ、同じ踊り。ネズミ罠のようだ。

待合室に大きなスーツケースを持って、髪の毛が黒くて脚が長い、ダンサーのようなミニスカート姿の女性が入ってきた瞬間に空気が変わった。彼女はバス停のスタッフに英語で話しかけて、バスの予約をしようとしたが通じなかったみたいで、携帯の通訳アプリを使ってコミュニケーションを取り始めた。待合室で同じ空気を吸っていた二人の女性は見た目は違っていたが、まるで同じような生き物だった。二人とも空港ではなく違う惑星に脱走しようとしていた、と彼女は思った。その次の瞬間、彼女のスマ

ホから突然にレディオヘッドの曲「Exit Music (For a Film)」が流れ始めた。「We hope that you choke, that you choke (私たちはあなたが息ができなくなることを願っている)」

何ヶ月か前に、岩盤浴に行ったときのことを思い出した。温泉で綺麗に身体を洗ったあと、少し離れていた岩盤浴の部屋まで裸で歩いて、横になった。天井に自分の姿が映し出されてタコのように脚がいっぱいあると思った。彼女は二人の娘といつもいっしょに寝ているが、娘の小さな身体が彼女にくっついて、どこまでが自分の身体なのか、娘たちの身体なのかわからなくなる。六本脚と六本腕、六十指、三頭、六眼、三口の生き物になると感じる。でもこの状態は嫌いではない。人間の普通の姿はただの幻想なのだ。きっと、もっと複雑でもっとデフォルメな形だと知っている。みんなはただの嘘つき。

あの日から彼女は人と目を合わせないことにした。そして髪の毛をもう切らないと決めた。特に男から距離を取ることにした。じつをいえば、彼女は生きている間、一度でいいから男の子の赤ちゃんを産みたかった。どこかで聞いたけど、日本の平安時代では男の子を産んだ女性は地獄に落ちないと信じられていた。いつごろからか彼女もなぜかそれを信じ始めたのかもしれない。そうではないかもしれないが、なぜか、自分の身体で男を生み出したかった。そうすることによって救われると思っていた。深い闇から。

昔、祖母の家でたくさんの蜂と蟻、子猫と犬を溺れるところから救ったことを思い出した。雨が降っていたら虫はどこで隠れるのか？　バケツに溜《た》まる雨水の音を思い出した。あの雨水で髪の毛を洗うと光っているように見えた。夜光茸《やこうたけ》のように。

夢の中では、祖父母がいつも寝ている部屋に二人の男の遺体があった。近づくとまだ生きているようだった。でも皮膚も肉も骨が見えるまで焼けていて、焼けた人間の肉の臭いがする。酷い臭いだ。

夢の中で彼女は森を歩いた。この森は何度も訪ねた村の森だった。下を見ると地面の落ち葉に青い火がついていた。彼女は怖がらずその火の中を歩いた。彼女はこう思った。何も意味しないとき、燃えている森の中を裸足で歩いて、静かに朝を待つ。彼女は毎日のように自分を壊して創《つく》り、また壊して、創り、虫になって、森になって、キノコになっていた。彼女の姿は誰にも見えない。

卵を食べる女

彼女は毎日生きることとはどういうことなのか考えていた。それは食べることに深くつながっていると幼いころから気づいていたがある日から食べ物の味を全く感じなくなった。この出来事が起きたのは自分が生まれた村と違う場所に住むようになったからかもしれない、あるいは自分が生まれた国と違う国で暮らすようになったからかもしれない。その国に着いてから間もなく流産のような経験をした。一ヶ月以上出血は止まらなくなって、彼女の身体が透明に近い青い白い色になって、気絶を何回も繰り返した。隣の部屋に住んでいた聞いたことのない国の陽気で、明るい、ゲイの女友達に言ってみた。「もう、これ以上続くと、このままこの身体から心臓も、肝臓も、全ての器官が出ると思う」。すでに、鮮やかな血というより、黒くて大きな血の塊が出ていて、押さえる布が一分でいっぱいになってトイレまで行く時間さえなかった。部屋で倒れてこのまま血まみれになって終わればいいいと思ったこともある。

あの日、隣の部屋の友達にタクシーに乗せられて、救急で病院に連れていかれたが手遅れではなかった。タクシーで吐いたことも仕方なかった。彼女の身体が勝手ながら彼女と全く関係ないところで反乱していたとしか思えないような状態だった。彼女の身体が彼女を食べていたような感覚を説明できなかった。以前見た、ある恐竜が違う恐竜の卵を美味しそうに食べる再現ドキュメンタリーのイメージを思い出した。自分の身体が自分を食べているとはどういうことなのか。

病院で若手医師が遠慮しながら彼女のお腹を触って「妊娠の可能性は？」と聞いた。可能性はないと彼女は答えたが検査をした。妄想の妊娠というものもあるとどこかで読んだことを思い出した。それなら、ありえる。彼女の身体は勝手にそうなることがあった。その後、薬を飲んだら出血が治まった。当時、原因は不明だったけど、違う現象が身体に起きた。それは食べ物の味がわからなくなったことだった。

どんな美味しいものを食べても味がさっぱりわからなかった。肉も、野菜も、お菓子も。紙を食べているのと同じだ。最初は薬の副作用だと思ったが、薬を飲まなくなったあとでも同じ。いろんなことを試した。食べ物以外のものも試した、土も、草も、お花も。全く味がしなかった。このことを周りの人にぜったいに言わないことに決めた。匂いを感じないということではなかった。逆に、高校生のとき、読んでいたパトリック・ジュースキントの『香水』の主人公のように匂いにものすごく敏感になった。しかし、匂いを感じても味を感じないということは、ふつうはありえない。周りにこんなことを言ったらきっと誰も信じない。

あまり味がわからないと食欲もない。ただ、お腹が空く感覚がある。あるのに、食べたあと吐き気がする、味がわからないと何を食べても同じ。ある日、唯一味がするものがあるとわかった。それは彼女も驚いたものだった。卵の味だった。卵か。思い出してみれば、子供のころは卵アレルギーだった。彼女の祖母が鶏を育てていたから雛《ひな》の世話は彼女の仕事だった。祖母は一所懸命、春になるとお母さん鶏の下にある卵を見守って、その母鶏のケアもしていた。水とトウモロコシの粉を与えて、復活祭の前に必ずあの卵から小さな雛が孵《かえ》った。彼女のような小さな女の子が森へ出掛けて、その春の一番のスミレをたくさん持って帰ると雛がたくさん生まれると信じられていた。でも、雛にならなかった卵もあって、そのまま鶏の庭に捨てられて、割れた臭い卵から小さな、まだ形がはっきりできていなかった雛の遺体が土の上にそのままになっていた。それを他の鶏が食べるのも見た。

鶏が小さな鶏を食べるイメージは、恐竜が他の恐竜の卵を食べるシーンと同じだと何年かあとにわかった。そういえば、雛の世話を任された子供の彼女はもう一つの矛盾を発見した。産まれたての弱い雛の餌《えさ》はトウモロコシの粉と水とゆで卵を混ぜたものだった。雛に卵を食べさせるなんて幼い彼女は驚いた。経済的ではないので、卵入りの餌は最初の二日だけ、その後はトウモロコシを水に混ぜて手で溶かしただけの餌になった。彼女は毎日それを作って、雛を日当たりのいい場所と草が綺麗な場所に連れていき、何時間も小さな雛の身体についていたシラミを一つ一つ取って殺した。シラミから血が出て、黄色いふわふわの雛にこんな赤い血が流れていることが驚きだった。彼女と同じだ。血が流れている生き物だった。

毎日のように食卓に出ていた茹で卵と祖父がとても得意だった自家製ベーコンとラードのスクランブルエッグを食べると、彼女の身体は酷い蕁麻《じんま》疹《しん》で苦しんだ。腕と足に赤い点々がたくさん出て、痒みに耐えられないまま血が出るまで擦る。

彼女が特に好きだったのは、まだ産まれてない卵。週に一回ほど、来客があるときなど祖母は鶏を殺して家族で丸ごと食べる。祖母は皮がついた足しか食べなかった。子供に美味しいところを残すため。鶏の臓物を捨て、雌鶏の中に生きていたらこれから産むはずだったさまざまなサイズの丸い黄色い鉱石のような卵がスープのため他の肉と煮てある。祖母はそれをレバーと一緒に彼女にあげていた。毎回。塩もつけないで。十分前に生きていた鶏のまだ産まれてない卵とレバーはとても美味しかったが、卵アレルギーの彼女の身体にはその夜にブツブツの森ができて痒みと何日も闘うことになった。すると祖父は森で拾ったハーブとラードの手づくり軟膏《なんこう》を塗ってくれた。次の卵を食べるまでなんとか頑張っていた。それでも卵を食べ続け、知らないあいだにアレルギーが治ってしまった。

＊

大人の女性になってから彼女の卵アレルギーは治ったものの、突然、他の全てのアレルギーが悪化した。寝ている間だけは大丈夫だったが、それ以外の時間は朝から晩まで全身の皮膚が痒くなって、塩漬けされたイカが海風の当たる場所に日干しにされるような感覚が抜けなかった。それでも、毎日、卵だけ食べ続けた。生きるため。彼女は生きたかった。死ぬことを全身で否定していた。絶対に死なないでやると思っていた。でも、この誰しも簡単にできることが、彼女にはとても難しかった。生きることは彼女にとって簡単なことではなかった。卵しか食べられないし、ストレスを感じると空気にさえ触れれば皮膚が痒くなるし、体力もほとんどなかった。その上、音と人の声にとても敏感で、例えば、気に入った声と出会えば、その声以外の声を聴きたいと思わなくなった。でもそういう人は、男性であれば彼女をすぐ嫌う。しつこいからかもしれない。野生動物のような性格の持ち主だからかもしれない。純粋すぎるからかもしれない。大人なのに少女のように笑うからかもしれない。正直者で嘘をつくことができないからかもしれない。目が夜でも光るからかもしれない。卵しか食べられないからかもしれない。理由はいくつか考えられる。だから、男性と一緒に暮らすことができない。もし暮らしたら、彼女のお母さんと同じように殴られるかもしれない。嘘をつかれ、彼女の身体を利用して、野良猫のように捨てられるに違いない。

高校生のころ、彼女のお母さんは初めて見た若い女性を連れてきて、その夜は家で寝かせると言い出した。その若い女性は家出して、団地の前のベンチに寂しそうに座っているところを彼女の母が見つけた。寒い夜をあのベンチで過ごすわけにいかないので、彼女の母は家に連れて帰りリビングで一晩寝かせておいた。突然知らない若い女性が家にいて、家の雰囲気が変わって、彼女もなかなか寝付けなかった。彼女の母はその女性が寝たあとに、小さな鞄をチェックしていた。着替え用のパンティと歯ブラシ、わずかなお金しか入ってなかった様子で、本当に慌てて家を出た感じだった。彼女のお母さんの話によると、父親の暴力が嫌で出たが行くところもなく、次の日に家に帰るように父親が納得させた。彼女はその女性のことをずっと考えて眠れなかった。とても羨ましいと朝になって気づいた。こんなに簡単に逃げられるなんて、彼女もやってみたかった。自由を求めて。朝まで、小さなカセットプレイヤーでピンク・フロイドの「クレイジー・ダイアモンド」を聴きながらそう思った。

Now there's a look in your eyes
Like black holes in the sky
Shine on you crazy diamond

知らないあいだに、彼女は知らない国で暮らして、卵しか食べられなくなった。いつの間にか一人で電車に乗って、飛行機に乗って、確かにアイスを自由に食べられる飛行機だったが、アイスどころではなかった。そして隣に座っていたフランス人がアニメでしか見たことのない大きなイヤホンで同じピンク・フロイドの曲を聴いていた。目を一度しか合わせてない。彼に全く興味はなかったが、彼のオーラから彼女がその後に出会う世界の冷たさを感じた。包丁で間違えて指を切るときのような感覚。冷たい鉄が皮膚を切って、身体に入る瞬間、血が出る瞬間。身体が冷えて、震えそうな感覚。そして、その後、トイレに行ったとき、ＣＡの笑い声が聞こえた。飛行機に初めて乗ったが寒気しかしなかった。世界はとても冷たいところだと予感した。

You were caught in the crossfire of childhood and stardom

Blown on the steel breeze
Come on you target for faraway laughter
Come on you stranger, you legend, you martyr and shine

色々試してみたが好きな卵の食べ方の一つ、それは、昔、自分の母が作っていたスタッフドエッグだった。卵を茹でて、殻を剝いて、半分に切る。黄身だけをとり、違う皿でマスタードとマヨネーズと混ぜて、残った白身の穴にそのクリーミーなものを埋める。上にパセリの葉っぱを乗せたら完成だ。でも、今は卵の味しかわからなくて、マスタードの風味がないと美味しく感じない。このままだと、卵さえ食べられなくなるので医者に診断してもらったら身体は異常なしと言われた。待合室で突然人が目の前で倒れた。そういえば、いつかシカゴで目玉焼きを食べながらそのまま倒れた人がいた。一瞬でテーブルの下に倒れこみ、一瞬で元の場所に座り直して店の人々と話をし、救急車を呼ばないで朝ご飯を食べ続けた。待合室でも人が倒れて、医者が呼ばれたが、救急車は呼ばれていなかった。気づいたら全部が元に戻った。何もなかったように。人が倒れるのを見たのは彼女だけだったのか？

You reached for the secret too soon
You cried for the moon

病院で、精神の病だと診断された。それはそうだと彼女も思った。生きるだけで病むから。普通に。みんなはそうではないのか。おまけに、ある夜に卵と鶏肉の工場についてのドキュメンタリーを見た。病気になった雛が大量に殺されるシーンがあまりにも衝撃的だったため耐えられなくなった。その日から卵さえも食べられなくなった。彼女は何も食べない状態では何日も持たないと思っていたけど、ついに動く体力もなくなった。刺青《いれずみ》を入れる夢を何日も見た。その刺青はただの番号だった。

彼女は知らないあいだに、刑務所みたいなところに入れられた。たぶん隣のアパートに住んでいた友達が彼女は狂っていると思い、彼女を連れてきた。記憶になかった。長い間、床に横になって、寒さ以外何も感じなかった。隣に牛乳のような白い液体とピンクの薬のようなものが置いてあった。でも寒さ以外、飢えも何も感じなかった。牛乳なんて、昔から大嫌いだった。あの薬はいつか田舎の畑で植えたインゲン豆みたいだった。この薬を飲んだら身体の中からインゲン豆の苗が生えればいいのにと思った。病動く体力もないし、話す体力もなかった。脳梗塞のような体験だった。病院で倒れたのは隣の人ではなく、彼女自身だったのではないか？　何年も外国語で一生懸命会話をしてきた彼女は急に話せなくなって、言葉が出なくなった。話しかけられても、その言葉の意味が煙のように感じた。言葉とは結局、何のためにあるのか、わからなくなった。言葉は包丁のように冷たいものとして感じられた。

身体が石のように重くて、何日かして、背中に大きな痛みを感じるようになった。いつか読んだ、ガルシア＝マルケスの短編で、突然に人の家の庭に落ちた天使の話を思い出した。記憶はモヤモヤしていたが、あの話で、あの天使の羽が泥だらけになってみんなに無視されていた。思い出せなかった。こんなに背中が痛いので、もしかしたら彼女にも背中に羽が生えるかもしれないと一瞬、光のように思った。そうだ、あれだけ卵を食べたので、きっと天使ではなくても鳥になれるに違いないと思い始めた。鳥より、天使がいいとそのあと思った。そのほうがいい。子供のころ、彼女の祖母は天使の話をよくしていた。天使には性別はないので、天使がいいとすごく喜んで、同時に何年か振りに微笑んだ気がした。

Well you wore out your welcome
With random precision rode on the steel breeze
Come on you raver, you seer of visions
Come on you painter, you piper, you prisoner and shine

彼女は何日間も背中に羽が生えるまで待った。痩せて骨と皮膚しか残っていない腕を背中まで伸ばそうとしたが、届かなかった。彼女は祖母と天使の話とともに、祖母が子供のころに教えてくれた自分を守る天使への祈りを奇跡的に思い出した。そうだ、誰も助けてくれないときには守護天使にお祈りすればいいと祖母が教えていた。その祈りを母語で思い出し、頭で繰り返し唱《とな》え始めると、重かった身体が急に軽くなった。こうして、数日のうちに光のようなものを感じ始め、飲んでも吐き出していた水も飲めるようになった。彼女の身体に大きな変化が起きた。そうだ、思い出した。天使の身体が光っているということ。実際に見ることができなかったが、その日まで感じていた世界の冷たさが消えて、光のような温かみを感じ始めた。世界はみえないものでできていると思いながら、彼女に全く関心がなさそうな看護師にこう言った。「家に帰りたい」。その言葉は何ヶ月振りに出たような感覚だった。

卵を食べる女は奇跡的に回復し、電車に乗って飛行機に乗って生まれ育った村に戻った。ちょうど、ジャスミンとアカシア、村に白い花が咲いいている季節で、歩きながら、アカシアを摘んで、口に入れて甘い蜜と花の香りをたっぷり味わった。最初に自分の母親に食べたいと頼んだものは卵ではなく、葡萄の新しく透明で酸っぱい葉っぱに包んである挽《ひ》き肉《にく》の郷土料理だった。

蜘蛛を頭に乗せる日

十四歳のころ、彼女は生まれ育った村で一番の美人となった。長く黒い髪の毛に白い透明な肌、緑色の目の色に落ち着いた歌声、どんな角度から見ても、人形のような見た目だった。同じ部屋にいると見るだけで癒しを与えてくれるような存在。誰にも愛されるような存在。六歳上の姉がいたが、性格も見た目も違っていた。彼女は誰も傷つけず、誰にも傷つけられないような人生で十分だと思っていた。それは虫であっても、植物であっても、動物や人間であっても変わらない。

人生はまっすぐの線のような物だと母親がタオルを織っていたときに彼女は思った。長い、赤い糸のようなもの。真っ直ぐ伸ばして、それを引っ張って丸めて、毛糸玉を作って、その繰り返し。家に入ってきた猫を見て驚いた。猫はネズミを捕まえて齧りながら歩いていた。この赤い糸が切れたらどうなると思った次の一瞬、彼女の緑色の人形のような目が鮮やかなミントティーの緑から暗い苦い液体のような緑に変わった。そういえば、不思議なことに彼女はあまり自分の子供のころの思い出がない。ずっと同じ家に住んで、村の学校に行って、母親の手伝いをして、歌を歌って、遊んで、でも印象に残るものは何もなかった。悪いことも、いいことも。猫はネズミを殺して、食べる。狩られるネズミの気持ちも、狩りをする猫の気持ちもわからない。

十四歳になった夜に不思議な夢を見た。住んでいた村が森に囲まれていて、父親と薪を拾いに入ったときに鹿の親子を見かけることがあった。彼女にとってそれは森に入るときの楽しみの一つだった。まるでお互いのことを知っているような感覚だった。いつか自分もこうして母鹿のように母親になっていくし、そう、自分も鹿と変わらない。いつも刺繍《ししゅう》をしながらそう思っていた。

でもその夜の夢の雰囲気は、いつもとは違っていた。時間は夕方で、彼女も同じ鹿だと思いながら、幸せな気分で鹿を追いかけて、その鹿と一緒に森に入ろうとした。突然、森と村の境に二メートルほどの雄鹿が立って、彼女を見た。「この森にもう入ってはいけない」と言っているような目だった。彼女は汗だくになって目覚めた。こんな感覚は初めてだった。ベッドを見た瞬間に驚いた。母親が織った真っ白なシーツは真っ赤に染まっていた。思わず大きな声を出して、隣に寝ていた姉が起きた。姉がこう説明した。「お客さんが来た」。それはあとでわかった。女性の身体から毎月、血が出ることがあるのだった。村では誰も知らないふりをしていた。姉も母親も恥ずかしそうにしていたし、彼女自身もしばらく把握しづらかった。庭の薔薇《ばら》と同じ赤い血を見て何も感じることはなかった。お腹のあたりが酷く痛かったけど、それより、夜に見た夢が心に何か変化をもたらした。その日から彼女の眼はそれまでと違う色になったが、人形の顔は変わらなかったし、いつもと同じ平凡な日々を過ごして、ケーキを焼いて、刺繡をして、家の手伝いに取りくんだ。

中学校を卒業したあと、村のほかの若者と同じように電車で一時間ほど離れた町工場で働き始めた。始発に乗って缶詰工場に向かう。街に着くと電車から降りて大勢で駅からそう遠くない工場に向かう時間が好きだった。まるで虫のようだったから。集団で動く蟻と同じで、安心を与えてくれた。

この人生も悪くない、長い紐《ひも》を伸ばして進むだけでいいと思った。工場では女性は特に多かったけれど、喧嘩に巻き込まれたことは一度もなかった。村一番の美人でも、工場では同じガウンを着て、頭にスカーフをかけて、髪の毛を隠す。そのせいで、誰も美人に見えなかった。人間にさえ見えなかった、そもそも生き物に見えなかった。人形と同じ、服を脱ぐと性別がわからないのと同じだ。家に帰るといつもの平凡な生活に戻るのもよかった。週末に友達と村のディスコで踊る八〇年代らしい遊び方も彼女の趣味に合っていた。

ただ一度だけ、工場の帰りにいつもと違って街が大騒ぎになって、若者が殺され始めた日があった。彼女も周りの若者と同じく街の中心に向かって行くことにしたが、近くで人が撃たれたので逃げた。子供のときに見たネズミを食べる猫を思い出して逃げた。ここで赤い糸が切れたら無駄でしかない。それは革命と呼ばれても、なんと呼ばれても自分はあのまっすぐな紐を伸ばして生きる。ただそれが何のためなのかはわからなかった。

彼女は何年経っても村一番の美人だったため、結婚の申し入れが何件もあったけど、親が反対した。こういう人たちは親戚がどうのとか、結婚となると裏でつながっている女たちが出てきて、村で暗い噂を広げる。彼女は一人だけ気に入った若者がいたが、その人の母はお酒が好きという噂があったから自分の母親が反対した。それで、自分で全く決められないのであれば、誰でもいいではないかと思った。そして結婚をきっかけにこの村を出ればいいではないかと思った。木の実と同じように、女性も結婚の時期が近づくとハエが寄ってくる。あっちからもこっちからも話が飛んできた。ある日、働いていた工場で、自分の息子とお見合いしないかと誘ってきた女がいた。まず隣に住む、相手側の親戚の結婚式に誘われて見合い相手と一緒に出かけた。帰りの電車を逃してしまい、二人で線路を歩いて村に帰った。その相手は背が低く、友達が多くて、賑やかな人柄のようだった。二人で線路を歩いたとき、まっすぐな道だったから結婚することにした。一緒に街に引っ越して、彼の親とアパートで暮らすことにした。

結婚式当日、不思議なことが起きた。花嫁が白いドレスを着て、美容室で黒い長い髪の毛をまとめてもらったときの出来事だ。白いドレスはとてもお似合いだったけど、自分の姿を鏡で見るとなぜか頭に乗っている白い紙の花が蜘蛛《くも》の形に見えた。まるで、大きな蜘蛛が頭に乗っているとしか思えないと一瞬、自分の花嫁姿を見て思った。そしてその日から毎晩のように蜘蛛の夢が始まった。

＊

結婚式が始まった。蜘蛛を頭に乗せたまま。誰も気づかなかったのか、気づかないふりをしていただけなのか彼女にもよくわからなかった。古い、壊れたバイオリンを弾きながら、歯がない年取ったジプシーの男は、彼女を家から引っ張り出して不思議な儀式に参加させた。その日は冬のはずだったのに、なぜか熱い鉄の塊を握るような感覚で、生まれて初めてとても濃い化粧をされていたものだから、汗でダラダラと白いパウダーが流れていた。それでも彼女の肌は幽霊のような白さだったので目立つこともなく、「村で一番美人な花嫁」という噂が広がって、次々と門の前に黒い服を着た村の婦人たちが集まってきた。

ジプシーの音楽家が突然しわがれた声で花嫁と両親の別れの歌を歌い始めたころ、集まった婦人たちは大声で泣き始めた。そのとき、彼女は忘れていた蜘蛛のことを思い出した。手で触ってみるとまだ頭に乗っていたが、それは死んでいた。いや、死んだかどうか判断が難しかったが、動いていなかった。家の前に広がる葡萄畑を見ながら、ジプシーの声を聞いて逃げ出したくなるような気分が収まっていった。その瞬間とても強い風が吹いて、儀式にしたがって足を水が入ったバケツに入れるはずだったが、バケツが倒れ、水は凍った土に吸い込まれていった。この気温で水がすぐ凍らないのは不思議だと思った。彼女の足がとても熱かったからかもしれない。どうやら大分熱があったみたいだが、この村では一度結婚式というものが始まると誰も止めることができない。結婚式は花嫁が倒れても続く。

彼女はそのあと、家の門の外に座り、その日に母親が焼いたパンをジプシーの男が頭の上で割り、彼女に渡して、集まっていた村人に分け始めた。すると、どれくらいかわからないぐらい大勢の子供が出てきて彼女を囲み、手を伸ばしてパンを奪おうとした。その小さな手を見てボロボロ泣きだした自分が切なかった。花嫁になるから泣いたのではなく、自分も子供のとき、この村で結婚式を見て、手を伸ばしてパンをもらって食べていた。幼い自分はそのパンを世界で一番美味しい食べ物だと思っていたのに、自分が花嫁の立場になった今はとても気持ち悪かった。熱のせいかもしれないが、遠くでパンを取り合って喧嘩する村の子供を見ながら吐きそうになった。なぜ子供のころは美味しいと思ったのか、あんなまずいもの。口にしてないがまずいとしか思わない。

彼女は何回も倒れそうになったが誰も気づかなかった。おまけに頭に乗っていた蜘蛛が動いているのを感じた。村の教会までどうやって歩いたのか覚えていなかった。子供のときに見た花嫁の行列と同じだったかもしれない。いくら考えても思い出せない。教会での儀式は行われたのか、行われなかったのか、それさえも思い出せなかった。しかし、朝からたくさんの人が目の前にいたのに、花婿を見ていない気がした。自分はあの蜘蛛と結婚したとしか思えない。誰かに言わないといけないが、もうすでにテントはジプシーのバンドの音楽で賑わって、殺された豚が大きな二つの鍋でシチューになって煮込まれていた。親戚やら知り合いやら、人々がテントに集まって食べて踊っていた。彼女が椅子で気絶しても、あまりの賑やかさに誰も気づかなかった。

結婚式の日は彼女の人生で一番長い日のようだった。時間が止まっているというより、何百年もこの日を繰り返してきたような感覚だった。全く同じことを何度も何度も繰り返していて、その繰り返しのループから抜け出せないまま一生を終えたような。

結婚式の夜に初めて、どこからかわからない暗闇から花婿が現れ、彼女を家の一番奥の部屋に引っ張り込んで、裸にして、頭に乗っていた蜘蛛を激しく潰した。そのあと、最初は手で彼女の足の間を触って、あの蜘蛛を潰したスピードで同じ指を彼女の身体に入れて変な声を出しながら興奮していた。彼女は熱のせいか、自分の頭に本当に蜘蛛がいたショックのせいなのか、あの蜘蛛に悪気がなかったことを初めて理解して、同時にとても気持ちが悪くなって、彼を止めようとした。人の前で裸になることも、指で足の間を触られたことも、目の前の蜘蛛が殺されたことも初めてだったので耐えられなかった。でも彼はやめるどころか、もっと興奮してベッドで彼女の上に乗った。そして彼女は、あんなに暗い部屋だったのに突如として雷のような光が痛みとともに訪ねてきたと思った。自分の肉が骨から離れたような痛み、そして離れただけではなくその瞬間に腐ったような臭いがした。

二分しか経ってないのに、彼女は何時間もその状態で声も出ないまま、壁にあった時計の音を聞いて自分の身体から離れようとした。彼は彼女に何も言わず、髭《ひげ》についていた豚の油を拭き、彼女から真っ白なシーツを引っ張って、何かを確認し始めた。シーツについていた血の痕を発見した瞬間、大喜びで賑やかなテントに向かった。しばらくすると外から大きな叫び声と音楽が聞こえた。彼女はしばらく動けなかったから、一人で、部屋で泣いていた。あまりにも複雑な気持ちになって、ベッドの横の壁の白いペンキを爪で削って口に運んで食べ始めた。大人の女性とはみんなこのような人生なのかと思いながら。

しばらく経って彼女は起き上がった。足の間に何か冷たいものを感じたが身体は鈍くなって、拭くことさえできなかった。裸で出ようとしたが、突然、部屋の奥から白いモンシロチョウが飛んできた。びっくりしてドレスのことに気がついて手が普通に動き始めた。冬にモンシロチョウが飛ぶのも不思議だったけど、熱のせいで幻を見ただけかと思った。自分で白いドレスを着て外に出てみると、結婚式のテントの前に賞品のようにシーツが張り出されていた。血がついたまま。恥ずかしくてまた涙が出た。顔の上の涙が凍った。すっかり酔っぱらってふざけて老婆の服を着た若い未婚の男たちが後ろから近づいてきて、彼女を担ぎ上げて踊りの中に運び、鶏を彼女に持たせて言った。「よかったね、あなたは処女で、この鶏を殺さないでよくなった」。まるで道化師のようにげらげら笑った。

彼女はそこからなんとか逃げ出し、気づいたときは裸足だった。葡萄畑に隠れたが葉っぱはなく、寒かった。花婿はどこを見てもいなかったけど、そもそも見たくはなかった。そのまま花嫁の姿で森へ歩き始めた。どこかに消えたい気分で、暗い森の中に入った。すぐ歩けなくなった。そのまま横になって、眠りたかった。森の中で雪が降り始めたが寒くなかった。血の匂いがした。朝方だったため光が木と木の間から入り始めた。突然、子供のときに見た鹿が近づいてきて、また幻のように消えた。一緒に行きたかったのに。寒くなってきた。森は彼女を追い出し、人間のところに戻って部屋で倒れた。

その後の人生は枯れた葉っぱのようにただ、たくさんの枯れている葉っぱがある土の上に落ち着いた。二回流産して二人の男の子を産み、都会にしばらく住んで六十歳を過ぎたころ、全く一滴の愛情も注がなかった夫が死んだ。彼女は村に戻り、育った家で静かに暮らした。ときおり黒い服を着て結婚式と葬式に出かけた。ある日、突然自分が小さな女の子だと思い込んで走って森に入った。そこには鉄砲を持った男と殺されたばかりの鹿がいた。遠くから「誰かが鹿を殺した」と大きな叫び声が聞こえた。

初恋と結婚した女

男に殴られたのはそのときが初めてだった。男だけではなく、それまでの人生で誰にも殴られたことがなかったので、初めてのときのことをよく覚えている。その日は彼女の結婚式だった。そのあとからずっと殴られるような日々が当たり前のように、日常の一部になったせいかあまりよく覚えてない。発熱のときに熱冷ましを飲んだあととよく似ている、この感覚。もろもろして吐き気があるけど歩ける。自分を失うというより、とにかく元々自分というものが最初からこの世に存在していなかったという感覚なのだ。

価値のない、何か、アスファルトに潰されたミミズのようなペタンコになった生物が乾いて、消えていく。そんな感じ。それだけ。ミミズの記憶と細胞がアスファルトに入る。雨が降るとそのアスファルトから湯気が出て、空に昇って雲になり、また雨が降ったら地面にいるミミズの一部になる。その繰り返しの人生。二人の子供を育て、笑って、食べて、太って、泣いて、仕事して、料理して、ただ忙しく過ごす毎日だった。男のことは殴られた痕、愛された痕と同じ、ほぼ残らないし、誰も知らない。彼女自身もそんなことがあったかどうかあいまいだが、自分の身体が反応することを否定できなかった。例えば物忘れが激しいところ、家に帰りたくないところ。仕事が終わっても長い買い物と近所回りで小学生の子供を連れて冬でも足が霜焼けになるまで歩く。歩き方も早すぎて、食べ方も同じということも関係している。食べるときに、ほぼ噛《か》めない。喉が詰まったことが何度もある。脳に酸素が届いていない感じが毎日ある。あとはよくため息が出る。怖くて、脳のＣＴスキャンをしなかったけど、きっと脳に何かが溜まっている。消しゴムのカスのようなもの。

彼女は結婚式のことも殴られたこと以外はあまりよく覚えていない。昔からこの忘れっぽいところがあったと思うほど、自分で自分の記憶を消しているように物事を忘れていく。まるで、この世のことを何も覚えていないままあの世に帰ろうとしているのではないか。例えば、子供のころ、過ごした家のこと、両親のことは覚えているが、そのあとのことを覚えていない。温かい家庭という言葉はよく当てはまるが、その温かさ以外のこと、二人の顔以外のこと、六十を過ぎた今ではよく覚えていない。畑の手伝いをしていたこと、大きな犬を飼っていたこと、母親の親戚、父親の親戚、従姉妹のことも覚えている。出来事よりも、人の印象、顔、言葉で覚えている。例えば二年前に亡くなった従姉妹のことを涙が出るほど覚えている。七年間も白血病と闘って、この七年のあいだに、たくさんの教会を訪ね、聖人の聖体を触った彼女は目の前で違う生き物のようになっていた。

従姉妹は「リリ」という。綺麗な名前だと子供のときから羨ましいと思っていた。リリと毎日のように電話で話して、姉妹のようなつながりだった。リリは自分が絶対に治ると信じていた。それでも六十歳になる前に検査のために入院して、その夜に寝ながら死んでしまった。リリらしいと思った。元気な八十九歳のリリの母はこう言った。「彼女は自分が死んでいることをいまだに知らないままだ」。

リリは彼女の結婚式に来ていた。全ての親戚とともにあのときのシーンを見たはず。リリのほうは彼女より大きなショックを受けたのではないかとたまに思っている。リリは生涯結婚せず、街のクリーニング会社で働き、実家の狭いアパートに住み、五十歳に病がわかってからは毎週のように国内や隣国へ巡礼に行き出した。

田舎では、結婚せず子供も産まない女性はこのような病気になるのが不思議ではないと差別を受けることがよくあるけれども、リリは幸せだったと彼女は思っていた。三人姉妹の従姉妹の中で結婚したのは末子だけ。お姉さんも子供も産んでないけれど、今も元気。だから病気は関係ない。リリは人が良すぎて早く眠りに行っただけ。リリが巡礼をしていたころ何を体験し感じたのか、少し彼女はわかる気がした。確かにリリのことは誰も知らないし、彼女とリリの母親以外、リリのことを覚えている人はあまりいない。けれども、もしあの世で価値というものがあれば、リリの魂は眩しいはず。この世でのリリは、夜のあいだに降って次の朝になると溶ける雪のような存在だった。

彼女はリリと毎日何を話していたのかも忘れてしまった。リリからもらったイコンが山ほど残っていて、自分の寝室の壁を飾った。幼馴染みと両親、親戚が集まった自分の結婚式のことを毎日のように思い出す。あのあと、リリのがっかりした顔を一番よく覚えている。リリは背が低くって、髪を短く切っていた。顔が白く、目は大きくて真っ黒だった。あの日、教会の前で彼女が殴られたとき、ウェディングドレスが汚れないよう裾《すそ》を持っていたリリは、倒れる彼女を後ろから支えた。そのときリリの顔を最初に見た。顔というより、大きなびっくりした目を見た。絵画のようだった。

彼女は何が起きているのかわからなかったが、リリの目を見てこれは現実だと理解した。教会の庭にあった「生きている人」と「死んでいる人」に捧げる蠟燭《ろうそく》をスローモーションで見た。後ろに倒れる前に。「生きている人」のほうの蠟燭が突如吹き始めた風で消えていくのが見えた。

その瞬間、雷が落ちたかと思った。それは彼が、自分の頭を殴ったのが信じ難いことだから。殴ったのと同じ手が自分の身体を触った手、手をつないだ手、生まれたばかりの赤ちゃんを触った手だとはとても思えなかった。空から大きな石が頭に落ちて、これは結婚してはいけないというサインとして閃《ひらめ》いた。それは結婚する前に彼を愛しすぎたあまりに身体の関係を持ち、妊娠し、赤ちゃんを産み、村でお互いの家族に大恥をかかせたからだと思った。そのために教会の前でこの罪を犯した身体なのに白い花嫁姿をして現れた自分は殺されるべきだ、と心の中で思った。次の瞬間、教会の庭に咲いていた薔薇の匂いと自分の赤ちゃんの声で気を取り直し、何もなかったかのように教会の階段を上って入った。立ちくらみしながら教会に並ぶイコンの目を見て、結婚する前に子供を産んだことは何も悪くないと覚《さと》り、そのまま式を挙げた。

＊

その後の人生では何十回も、何百回も殴り続けられた。自分の身体がジャガイモの袋のような感覚になった。彼女の母語ではこういう言い方がある。「ジャガイモの袋を殴るように」。母語以外の言葉がわからないのでこういう表現は違う言語にもあるかどうか知りたくなる。どうして誰かが袋のジャガイモを殴りたくなるのか、理由はわからなかった。ジャガイモだって殴られたいと思っていない。彼女は子供のころからジャガイモを畑で育てていて、世話をしていて虫がたくさんつくのも知っている。アブラムシ、オオタバコガ、ナスノミハムシ、コメツキムシ、線虫がつく。特にてんとう虫騙しに気をつけないといけない。彼女は小さいときからジャガイモの葉っぱにくっついているてんとう虫騙しの卵を取っていた。ジャガイモの花が紫と白に咲くころ、葉っぱの裏に黄色い小さな卵がたくさんある。それを葉っぱの一部をちぎって取る。何時間もかけて。

彼女にとって結婚生活はてんとう虫騙しと同じ。てんとう虫のふりをしなければならなかった。誰も知らない。ジャガイモ掘りは楽しいのに。土を掘るといろんな形のジャガイモが出る。手で取って、土を洗って、気持ちいい。彼はフライドポテトが好きで、熱々のとき、たくさんのチーズをかけて、目玉焼きを乗せて食べる。彼は彼女の料理が好き。

彼が彼女の身体を殴る理由もわからなかった。言葉は割れたグラスのように、殴られるときの泣き声しか世の中にはないみたいな感覚。彼女はよく泣く。涙がたっぷりある。その涙と同じ量のアザが身体にできる。そして痛いと叫ぶけど風邪で耳が聞こえないときと同じ、自分の声が割れた声になる。誰にも届いてない。殺される動物はみんなこの声だと気づく。動物のほうが楽かもしれない。言葉を喋らないから。自分は言葉でお願いすることが一番つらい。「殴らないでください」と「痛い」、何も悪いことをしていないのに「許してください」という言葉を泣きながら言うけれど彼には聞こえていない。そのときはただ、酒と悪魔に取り憑《つ》かれて殴るから。悪魔と酒は言葉が通じない。

結婚式の日に殴られた理由をようやく思い出した。彼女が彼の母親より先に車から降りたからだった。彼の母親が怒って彼に言った。そのあと、あのシーンが起きた。何度でもあの日を頭の中で繰り返してきた。あのとき、自分がもっと彼の母親に気づいていればこんなことにはならなかった。前から彼の母親は彼女のことが好きではなかったし、結婚に反対していたとわかっていたのに。でも自分の結婚式だったから忘れていた。花嫁のドレスにはパールが縫いつけてあることも思い出した。花嫁ドレスにパールがあると花嫁は涙を流すという言い伝えがあるのに。なんではずさなかったのか、今でもわからない。あの日のことを考えるといくつかのサインがあった。夏なのにとても寒かったし、家の屋根に大きな黒い鳥がいた。あれはフクロウに違いない。フクロウを見ると家族の誰かが死ぬといわれるからあまりいいサインではなかったけど結局誰も死ななかった。

自分は少しずつ死んだだけ。あの日から。一回だけ自殺もしようとした。飲めるだけ飲んだ。飲み込んだ。たくさんの睡眠薬。彼の前で、子供の前で、泣きながら、涙でびしょびしょになって。そしたら彼は病院にすぐ連れていってくれて胃袋のものをぜんぶ吐いて終わり。こんな早く終わるのか、人の自殺未遂。キッチンで洗い物して瓶が割れてその割れたガラスを集めて、新聞に包んで捨てる。自分の人生もあんな感じだと思い込んでますますいろんなことを忘れ始めた。

泣きながら、彼を待つ朝方。子供の寝息が聞こえる。白いワンピースの寝巻きは涙で濡《ぬ》れている。彼がアパートのドアから入った瞬間に目が合う。彼の目が赤い、酒で。ご機嫌のようだったが彼女の涙を見て機嫌が悪くなる瞬間を永遠のように感じる。「今夜は友人と酒を飲んで音楽家まで来ていたのに、あなたを見ると気分が悪くなる」と言われて殴られたことも何回かあった。

二十代で結婚して、子供は二人産んだ。結婚する前に子供を授かるのは決して許されないことだ。それを知っていたのに、どうしてもあの子を堕《お》ろすことができなかった。彼の母親がそう願ったのに。できなかった。自分はただ愛している彼と身体が一緒になって、一体化しただけなのに、一回だけなのに子供ができた。でもあのときのこともよく覚えてない。最初は彼とキスをして、手をつないで歩いたりしていたことをなんとなく覚えている。彼はまだ学生で友達の家に連れていかれて、一緒に寝た。楽しいとか、気持ちいいとか、何も覚えてない。彼の身体が自分の身体を触る感覚は全く残ってない。彼の服は洗剤の匂いがしていたことだけ覚えている。彼の母親があのシャツを洗うと想像をして、自分も彼のシャツを洗いたいと思っただけ。

結婚してからも何回も寝たけど殴る人と寝ることは抜け殻のようにならないとできない。彼の母親が亡くなってから自分を求めることは一切なくなったけど、彼女の身体は子供を作ること以外の愛情に触れていないとたまに思っている。考えてみれば男と一緒になったのも彼が最初で最後なので男の愛を肌で感じたとは言えないかもしれない。その後、彼はたくさんの女と一緒になって、最後に何年間も愛人がいた。想像していた。彼女たちを自分より身体で愛し、大事にしているかもしれない。想像が止まらなかった。誰か自分に触ってほしいときもあった。でも自分は叩かれるばかりの身体で、子供を産む以外何もできない。

彼女は初恋の彼と結婚した。色々あったけど、もしやり直してもいいと神様に言われたら同じことをする。彼の子供を産んで、それで十分。そして彼はいつも彼女のところに帰ってきた。亡くなった彼の母親も、付き合った何人の愛人も彼を止めることができなかった。母親だって、たくさんのことをした。彼を取り戻すため。村の一番怖いジプシーの魔女に頼んで彼が私から離れるように呪いをかけた。私のパジャマと彼のパジャマに血で描いた不思議な絵が描いてあった。だから彼女を殴ること自体彼の意志ではなく、呪いのせいだと彼女は思い込んでいた。

愛人だって、殴られていたかもしれない。一度電話をかけたとき、彼は電話を切り忘れていて愛人との会話が聞こえた。そしたら向こうの相手に対しても彼女にかける言葉と同じ悪い言葉で話していて、大事にしている様子は全くなかった。彼はあらゆる女性に対して同じ態度を示していたのかもしれない。母親の呪いのせいで。どうして、自分の息子を呪えるのか？

どうして他の女性をここまで嫌うことができるのか。彼女は全くわからなかった。彼の母親が亡くなったとき、彼は大きなショックを受けてしばらく実家に引きこもった。母の亡き骸《なきがら》もとても苦しくて、何日も魂は身体から出なかった。村ではこの死に方は邪術をやった人の死に方だとすぐバレた。

今となっては彼女はもう殴られることはない。あの感覚をほとんど忘れている。彼は一度病気になってから呪いが解けたように彼女を殴らなくなった。大事にしていた仲間も仕事を辞めてから知らないあいだに遠くにいて彼の機嫌を取ることもない。たまに叫ぶと、いつもと同じ世話を焼く必要があるけど彼が望むのであればあれだけ嫌だった彼の実家に一緒に引っ越すことさえ大丈夫になってきた。あの家にはたくさんのネズミが出るし、だいぶ壊れているが自分の身体と同じように労《いたわ》ってきた。大掃除をして、妖術のため取ってあった義母の髪をタンスの中から見つけて燃やした。義母もあの村の一番怖い魔女もかなり昔に死んでいる。花嫁姿の自分の写真と義母の花嫁姿の写真を並べてペンキが落ちた壁に飾った。

Ghosted

彼女は中学生のときにレイプされたことをまた思い出した。なぜか電車に乗るたびに思い出す。電車と何の関係もないのに。揺れのせいなのか。十三歳の夏。四歳上の姉と姉の友達とよくキャンプと登山に出掛けていた。あの週末までは。

月曜日にいつも通りに学校に行き、友達に泣きながら話した。友達の一人は冷静に、妊娠していないかどうか検査キットをドラッグストアで買ってきて、汚い学校のトイレで確認した。あのトイレはまともに使えたものではないのに、そのときだけは妊娠のテストをするために入った。臭かった。友達は外で待っていた。今にして考えればそんなにすぐわかるわけではないし、医者に行けばよかった。やり直しできるのなら、全部なかったことにするとすれば、対応の仕方を変える。自分はしっかり者になる。まずは医者、警察、母に伝える。友達にではなく。

十三歳の自分を責めても意味がないとカウンセリングを受けてわかったし、十分に苦しかった。ほとんど忘れているが、電車の揺れがいまだに気持ち悪い。吐き気がする。飛行機も苦手。遠いところへ行かれない。とにかく、医者に行きたかった。どんな病気をうつされたのか、十三歳のときにはあまり考えていなかったが、大人になってからよくＨＩＶやＳＴＤをうつされずに済んだと思った。おかげで健康オタクになったけど、もう自分にとっての最初の性行為があんなことになってしまってずっと切ない。

汚い。許せない。しかも、相変わらず自分の冷静さに驚く。医師だった親の影響だ。こんなに大事に育てられても、あんなことが起きるなんて。両親に言いだせない。言えない、今でも、永遠に。動物が大好きだから獣医師になるはずだったけど、結局今はOLとして外資系の会社で働いている。

何年か前に子宮《しきゅう》癌《がん》検査に引っかかったときも、HPVウイルスについて徹底的に調べようとした。十三歳のときの自分には、その危険性について詳しく説明してくれるインターネットがなかった。HPVウイルスに感染したと毎日のように思っていたかもしれない。感染している。今でもそう思っている。いつ、何が起きるのかわからない。自分の娘が早く中学生にならないか。早くHPVのワクチンを打ってもらいたい。リスクを下げるため。でも自分の娘も、男に……まさか。今は飛行機ではなく、電車でウイーンの出張先へ向かっていても、誰かにレイプされる可能性がある。急に、あのときと同じ。あの人と二度と話さない、顔も覚えてない。消えた。幽霊のように。飛行機のほうがよかった、いつも電車が苦手なことを忘れてしまう。

自分は日常をあの日の出来事とは別の次元として生きている。でも、忘れていない。何をしても忘れられない。どうやってあの思い出を消せばいいのか、どうして一つの思い出でひとの人生がここまで左右されるのか。きっと自分の子宮に今はあのウィルスがあるとして、自分をいつか殺す。中からカビのように広がるのか、どんな感覚なのかわからない。あの日から自分の子宮への意識が全く変わった。母の影響で医療的な意識があったものの、感覚的に自分と自分の子宮が別々の二つのものになった。それは森のピクニックのあとで、子供に忘れられた耳付きのすごく可愛いふわふわの帽子のようなもの。それはすごく汚《きたな》くされた、泥と雨と枯れた葉っぱに汚れた、踏まれたような感覚。大人の女性になってもそう感じる。

なぜ自分なのか。十三歳の自分はものすごく痩せていて、髪の毛も短く、男の子っぽい。それでもあの人物が近づいて、テントに入ってきた。口を開けて叫んだはずだ。叫びたかっただけなのか。音は聞こえなかった。誰にも聞こえなかった、姉も姉の友達も。音の世界だけがあるとすれば自分の失われた声がずっとあの世界で浮いている。誰の耳にも届かず、光の速度で。止まるときがあるとすればそれはいつ、誰の耳に、と思いながら、電車の揺れを嫌がりながら。イヤホンにバッハの「Partita No. 6 in E minor, BWV 830 Toccata」が流れてきた。電車の窓からオーストリアの野原が現れ先週のニース出張で見たミモザの木を思い出した。あんな綺麗な木を見たことがない。自分も誰かにあんな綺麗に見えた瞬間があったのか。電車の前の席に子供が忘れた蝶の羽のおもちゃが置いてあった。いつ、自分の前に子供が座っていたのか、思い出せない。

*

駅に着く前から長年闘っている恐怖症が発生してかなり息がしづらくなっていたが、あまりにも慣れていたせいで周りの人の誰にも気づかれない。電車から降りる支度をして落ち着くまで席に座って呼吸に集中した。息は見えないがシャボン玉の形をした、何か丸いものであると確信した。丸いものを飲み込むような感覚。中に空気が入っているが次の丸いものが口の中に届くまで空気がない状態。最近見た若手カナダ人アーティスト、ガブ・ボイスの作品を思い出した。彼女はよく食べ物のモチーフを使うが自分の注目を集めたのはすごくシンプルな作品。普通の白黒の壁時計の針をマスキングテープでとめてある。ただそれだけ。でも考えてみれば凄いことだ。自分もあの日からマスキングテープで時間が停められたような感覚だから。

なぜ彼女は電車で急に恐怖症になったのか。人類が宇宙で暮らすときが来たら水も掬《すく》いとったように丸くしたまま飲むことになるけど、この飲み方はとても苦しいと思ったから、絶対に宇宙で暮らしたくない。生理の滴《しずく》も丸いということだ。赤く丸い滴が宇宙ステーションの中を飛んでいるというイメージが急に美しく感じられた。それで思い出した。パニックのときに自然と落ち着くから、高校生のころに読んだ二冊を出張に必ず持っていくことを。そのうちの一冊がマリー・カーディナルの『Les Mots pour le dire（言うコトバを見つけて）』だった。七年も原因不明の病気と闘う女性の物語。七年も生理が止まらないという生々しい病状。精神病が原因だと思われていた。彼女もよくわかっている。少なくとも宇宙ではレイプする男は現れない。それは宇宙では性行為が難しいからだと言われている。

こういう女性は狂っているとみんなが思いがちだけど、女性ではなくみんなが狂っているだけ。自分だってあの日のことを一生忘れることがない。拷問のように再生される。それで、あの男性は誰だったのか、今は生きている（できれば死んでいてほしい）かどうか、人間だったと思えないときがある。幽霊のような気配。彼のいる感覚が彼女の子宮から出ていない、今でも。そう感じる。こびりついている。それでいろんな男と肉体の関係を持てばあの人が自分の子宮から出ると思ったけれど、逆に自分がもっと汚れてしまった。「ずっと一緒」という恋人同士の決まり文句は気持ち悪い。あの人だって、あの人の自分を触る感覚も、ずっと一緒だから。

「大丈夫ですか？　終点です」と駅員の声が聞こえたときにも彼女は吐きそうになりながら、どうにか抑えて、身体感覚を取り戻した。駅から降りると、店が並んでいるところの花屋の前にジプシーの占い師がいて呼び止められた。「奥さん、呪われている」と言われたけど自分は呪いなんて信じないから通り過ぎることにした。呪われているとしたらそれは生まれつきで、性別がわかった時点から。女性の身体で生まれて子宮がある時点から。セラピストはたまたま男性だったが何もわかってない。自分のトラウマのこと。わかっているふりをして頭を動かす。フロイトだってただの詐欺師だ。男性を嫌いになっているわけではないけど、どう接していいかわからない。彼女はもしかしたら呪いなど信じないからこそ苦しいのかもしれない。信じたら楽なのか。男は昔から自分を物としてしかあつかわない。結婚する前に妊娠中絶もあって、本の主人公と同じで、何ヶ月も生理が止まらないまま過ごした。そのときの痛みはなんのためだったのか。悩み過ぎてまた自分の身体を傷つけた。バリバリ働く自分が苦しい。男性のようだ。

長く同じ家に居られない。全ては劇のようだ。

彼女は駅前でタクシーを拾ってホテルへ向かった。運転手のお喋りは耳に入らなかった。またパニック状態になった。自分が思い出したくないことを思い出したから。何ヶ月か前に同じ場所にいたこと。そして、その日は花屋さんの前にいたジプシーの代わりにあの人が彼女を待っていた。そう、彼女には酷い癖がある。知らない人にナンパされたら、男の誘いに負けて、一晩一緒に過ごす。自分は価値がない人間だと自分に証明するため。それだけではない。知らない人と肉体関係を持つことによって自分をレイプした人と再び会える感じがする。このメカニズムが理解できても、中毒のようで止められない。彼女は一生、あの人の幽霊と生きるのだろうか。十分疲れたのに。あのジプシーの女性に相談すればよかったと急に考えが湧いてきた。何かヒントをくれたに違いない。タクシーの運転手はずっと喋っているのに何も聞こえない。英語で喋っても全く言葉の意味がわからない、声さえ嫌だ。男のコトバなんて前からわからない。いつからなのか、あの日からずっと。

高校生になって違うクラスの男子の家に行くようになった。毎日のように。妊娠してはいけないから、自分の身体をただのモノにしていろいろやらされた。ああ。思い出したくない。ある日、彼の母親が早く仕事から帰ってきたので、急いで女友達のところへ逃げた。お風呂を使わせてくださいと真っ青な顔で言った。友達は優しいからすぐ家に入らせてもらって洗面所で顔を洗って吐いた。そのあとで何が起きたのか笑いながら友達に説明した。その実、彼女は笑ってなかった。自分でもなぜ笑っているのかわからなかったが笑うことしかできなかった。ただのモノから人間の状態に戻るまでには時間がかかる。その繰り返しだ。自分の人生は。このループから出られない。飼っていたハムスターと金魚の死を悲しく思う。猫と小さな子供が好き。家から何日も出たくない。出たら、また性的なモノになってしまうだろうから。

タクシーがホテルの前に着いたので、支払いを済ませて降りた。運転手の声がまだ耳に響いていて、ひどく目眩がした。ちょうど降りた瞬間、ウェディングドレスを着たかわいい女性と目があった。羨ましいと思う自分がいてもっと目眩がした。こんな背の低い、かわいらしい女性の姿には一生なれない。自分はいつも痩せていて、古臭いスタイルのワンピースしか着てない。結婚式も挙げたけど全てが演技のようだった。幸せになったことが一度もなかった。それでも自分は良い妻、良い母親であることには変わりない。料理も得意。あの日のことをどうしても忘れることができない。仕事から帰って、スープを作りながら考える。あの日がなかったら自分の人生はどれだけ違っていたのか考える。
「今日はお二人様ですね？」とチェックインで言われたとき、自分がまた二人部屋を予約していたことを思い出した。「いや今日は一人で泊まる」と答えると、若い女性スタッフは事情を想像ができるような共感しているような口調で「そうでしたか、わかりました」と答えた。部屋に着くと、潔癖症な彼女はすぐシャワーを浴びて新しい服に着替えた。同じようなワンピースを何着も持っている。いつもいいホテルに泊まる理由がある。いいホテルに泊まると自殺したいと思わないから。酷い部屋だったら本当に考えるかもしれない。高校のときから父親の影響で聴いていたピンク・フロイドの「Wish You Were Here（あなたがここにいてほしい）」という曲だ。

そう、自分が理解していると思っている

天国と地獄との違いを
青空と苦痛との違いを
君は緑の草原と冷たい鋼鉄の線路との違いをわかっているだろうか？
微笑みとベールに覆われた顔との違いを？
君は自分が理解していると思っているのだろうか？

彼女は歌詞をだいぶ昔から暗記して、いつも口にしていた。特に、「俺たちは金魚鉢の中を漂う二つの抜け殻の魂そのもの」というくだりが好きだった。こういうときに、時間が止まったように高校生のころに死んだ金魚のことを思い出す。様子がおかしいので親友を呼んで一緒に最期を見守った。瞼がない金魚は目を開けたまま死ぬ。この狂った世の中ではこの曲と二冊の本があればなんとか生きていける。ギターもこの曲のおかげで少しだけ弾けるようになった。ギターの先生にキスされるまで。またレイプされそうになったので、ギターはやめた。

今夜はどう過ごせばよいか考えてなかったが、久しぶりに一人でケーキを食べることにした。甘い物は好きではないが、ウィーンに来るたび本物のザッハトルテを食べるというちょっとした儀式をする。前回食べなかったから今日はホールで買って部屋で食べることにした。

何ヶ月か前に同じホテルに泊まり、仕事で出会った男性と演劇を観て一緒に帰った。彼からの連絡は二度となかった。あれも幽霊のような男だった。劇を観ながら彼の息を自分が吸うような距離だった。あのときも恐怖症になって息ができなくなったが、隣に座っている彼の息を吸った。それしか覚えてない。ただ、全ての男性に言わなきゃいけないことがある。手で、指で激しく触ってほしくない。絶望するほど嫌い、男の手の感覚が。

そうだ、今日は一人だし自分に花を買うのだ。

彼女はホテルを出て夕方の光を浴びながら下町を歩き始めた。近くのケーキ店でザッハトルテをホールで買って、花を買おう。今日はDemelのザッハトルテがいい。アプリコットのジャムとチョコレートの相性が良くて。もし自分の人生に味付けができたらこの味でいい。十七センチのホールを指差して、綺麗な木の箱に入ったザッハトルテを受けとって店を出た。たしかに近くに花屋があったはずと探し始めたとき、不思議なイメージを見た。地面に黒い服を着た、すごく痩せている男性が倒れていた。

倒れているというより、彼は座ったまま動けなかった。周りに警察官が三人いたが、彼らもただ固まって彼を見つめていた。あの男に何が起きたのか誰も想像がつかないぐらい、彫刻のような固さだった。でも死んではいなかった。いったいなぜ彼はウィーンの道の真ん中に座り込んで動けなくなったのか、彼女にはわからなかった。でもあの男性をどこかで見た気がする。いや、とても近くで見たことがある気がした。空から落ちてきたように彼があの場所に現れて、何も話さずにあそこに座って、彼女の目の前にいた。まさに、彼女の思い出から降りてきたように彼女に深い恐怖を与えた。彼女はびっくりして泣き始めた。そしてその場所を離れてホテルに逃げた。そっくりだった。確かに黒い服を着て、痩せていて、髪が長かった。全てが終わったあとのあの姿勢もそっくり。座って、片方の膝の上に腕を乗せていた。何十年も前と同じ姿勢。警察官も彼を見ていたから彼女だけが見たはずはない。この男は逮捕される。

ホテルの入り口に着く。下を向くと白い羽を見つけた。その小さな羽を手に取ってエレベーターに乗った。誰かに言われたことだが、突然白い羽を見つけると近くに天使がいる。天使は彼女のそばを通り過ぎて羽を落としたのか、と彼女は妄想した。急に落ち着いた。先ほどの男性がかわいそうと思い始めた。酷い苦しみの像のようだった。今まで彼女を性的なモノとしてあつかってきた全ての男性がかわいそうな生き物に見えた。

部屋に着いた瞬間に手をよく洗ってからザッハトルテの木の箱を開けて、箱の蓋の裏に貼ってあった真っ白なナプキンを何も考えずに長く眺めた。綺麗だった。スプーンで一口取って食べた。気づいてなかったけどお腹が空いていた。このケーキの中のアプリコットジャムはとても上品な味だ。チョコレートの甘さをよく抑えていて、お気に入りの酸味。彼女はもう一冊のいつも持っている本をカバンから出して読み始めた。それはサリンジャーの『フラニーとゾーイ』だった。

果実の身代わり

暴力の泉があるとしたら、山の森の奥のまだ誰も歩いたことのないところにある、黄色い岩から流れる黄色い水のようなものだ。あるいは傷がついたとき最初に出てくる鮮やかな血ではなく、血が止まったあとの黄色いリンパ液のようなものだ、と彼女は想像していた。樹皮を包丁で削り、木にハートの形を刻み込む村の恋人たちを嫌っていた。自分たちのイニシアルを刻み付け、それをハートで囲むあの人たちは、永遠の愛を得ていると勘違いをしているだけで、永遠の愛は人間同士だと難しい。彼女はそう思った。木から出る黄色い液体を彼女は指ですくって食べてみたことがあるけれど、愛の味などしない。焼きたてのパンと果物のほうがよほど愛の味がする。樹液は何千万年もの時間を経て宝石として採掘されると村の図書館で読んだ。最高級の石はハエ、ハチ、アリなどの昆虫が中に閉じ込められたものだとあって驚いた。

樹液を毎日舐めていた九歳の自分はカブトムシとアリの身代わりになって、それはとても腹心地のいい満足のできる食べ物だと思っていたが、まさか食べている樹液に逆に食べられるなど一度も考えていなかったので恐れを覚えた。けれども同時に何千万年もアリの姿のままであの液体に閉じ込められ、宝石に磨かれて人間の首を飾るイメージはあまりにもおかしかった。あの虫入り琥珀《こはく》の中のアリがまた動きだしたりしないか、本の中の写真を何度も確認した。目を逸らした瞬間にまた動くのでは、と。アリを殺すと悪いことが起きると思っていたから、樹液に殺され地中に埋もれていくイメージが頭から離れなかった。そう、彼女の生まれ育った村には暴力が溢れていた。彼女はそれにいつ気づいたのか。目の前で犬が撲殺《ぼくさつ》されたときか。いいや。飼っていた白いウサギは野苺のように赤い目玉をしていて可愛かった。ウサギは何匹も飼っていた。毎朝新鮮な草と木の枝をとってきて食べさせていた。たまにもふもふのウサギが毛皮になって洗濯物のように物干し竿にぶら下がっていた。野苺のような眼がもう空っぽになっていると気づいて、命が入っていないとわかった。

彼女の村、彼女の世界は命で溢れていた。しかしあの樹液がアリを包み込み殺していくように、地球が同時に暴力で溢れていることに小さいころから気づいていた。六人兄弟だったので貧しい家族の中に産まれたとも気づいていた。それでも牛を飼って、ヤギを飼って、鶏を飼って、ウサギを飼って、村は果実で溢れていたので食べ物に困ることはなかった。姉は十六歳で結婚してすぐ妊娠したので、姉のために毎日下の弟と釣りに出かけていた。そんな人生、貧しい暮らしだったがそれを苦しいと思ったことはなかった。夏になると果実を食べることが一番の楽しみで、川に弟と向かう途中、他人の庭に二人で入りこみ、少しだけ食べた。その家の人に気づかれたことは一度もなかった。これも小さいときから観察している虫から学んだことだった。自分と弟の気配を消す技。さくらんぼの季節にお腹いっぱいさくらんぼを食べたあとで気づく。さくらんぼの中にたくさんの幼虫が入っていたこと。ラズベリーの中にカメムシがいたこと。

人間であっても彼女には虫から習うことがたくさんあった。大好きな果実の食べ方もその一つだった。虫は小さいから少ししか食べないと思われがちだが、実はわざとそうしているのだ。杏の実が庭に落ちている。拾ってみるとまだアリがついている。ハエもたかっている。他にも色々な虫たちがその実のところにやってくる。そして、どの虫も少ししか食べない。わざとたくさんの果肉を残し、他の生き物にもその庭、その土の美味しい実の甘さが届くよう、みんなとその味と喜びを分けている。果実は人間だけのものではない。それに、人間と違って虫の間には暴力という考え方がない。最後に人間は果実を収穫してジャムを煮たり果実酒に漬けたりするが、その前にたくさんの虫がその味を確認していたのだった。

虫と同じ気分で果物を食べ始めたら彼女は一度も大人に見つかることがなかった。虫の時間と動きで行動していたら、虫がカムフラージュするように、村のどこの家の庭に入って果実を食べても誰にも何も言われなかった。弟は彼女を太陽のように見ていた。いつも美味しい木苺、プラム、さくらんぼ、ナッツをくれる姉。彼女だって弟を小さな可愛い虫のように見ていた。彼はとても目が青くて、金髪で、まるで女の子のようだった。気が弱くて泣き虫で、守るべき存在だった。彼女も金髪だったが肌は日に焼けて黒かったし、草むらに入り、木の上に登り、膝や肘《ひじ》がいつも傷だらけで、まるで男の子のような格好だった。釣りも村の誰よりも得意で、自分は女の子だと思っていなかった。いつも穴が空いたタンクトップと短パンで、髪の毛も短い。目の色は弟の青空の色ではなく、灰色に近い色だった。同年代の男の子よりネズミ狩り、釣り、木の実の知識、土地勘が優れていた。ただし、欲するままに取りつくすことは許せないのだ、と観察していた虫たちから教えられていたので、自分と弟の食べる分しか取らない。

けれども、この幸せな暮らしは長くは続かなかった。ある日、彼女は泣く弟に腹を立てた。お腹が空いていた彼はもっとラズベリーが食べたいといつも入っていた空き家の庭で喚《わめ》いた。彼女は代わりにモモをあげた。でも弟は泣きやまず、蟻が食べていたそのモモを地面に投げつけ、足で潰した。モモの中で食べている蟻も潰された。彼女はこれをあまり良い兆《きざ》しではないと一瞬で覚《さと》ったけれど、何もできなかった。それでも川に行ったさきでフナがたくさん釣れたことで気を取り直し、二人で牛と一緒に川に入り体を洗った。そうしたら、川から上がったあとで彼女の腕に人生で初めて見たと思うほどの大きなヒルがついていた。それを見た弟はいきなり大声で泣き始めた。その声に彼女はびっくりして自分の身体を見ると、腕だけではなく身体全体にびっしりとヒルがたかっていて、自分の血が全部吸い取られるのではないかと感じたほどだった。落ち着いてくっついたヒルを一匹ずつ引き剝がして川に捨てた。何日間も皮膚に痕が残った。首と耳の下には一生消えないアザができた。小さな虫のようなものたちは暴力的ではないと思っていたけれど、あのヒルのせいでこの地球の全ての生き物が暴力的なのではないかと疑うようになった。そうだ、果実を食べていた自分はヒルに果実の身代わりとして食べられたのだ。

彼女にとっての本当の暴力がその後の人生から始まった。しばらく近寄りもしなかったラズベリーの庭に弟と再び入ってみた。すると家の中から音が聞こえ、窓を見ると家に一人の老婆が椅子に腰かけたままじっとしていた。よく見ると足に怪我でもしたのか、象のように腫れ上がっていて皮膚も半分ほど腐っている様子だった。老婆は大柄な体つきで、椅子から何百年も動いてないという印象だったけれど、急に頭を動かして窓のほうを振り向いたのでびっくりして逃げようとした。そしたら背後にも誰かいてぶつかって転んだ。弟が泣き始めた。高校生くらいの男の子が、家の中にいる老婆と同じようなメガネをかけ、その目で彼女と弟を見つめていた。

あとでわかったことだが、その人物はあの女性の孫で、夏休みにいつも村に遊びに来ていた若者だった。何より驚いたのは、彼は彼女と弟が庭で果実を食べに来るのを知っていて、いつも見張っていたのだった。その家はそもそも空き家などではなく、足が腐った老婆の住処なのだった。彼女が患った足が腐る病気は砂糖の取りすぎで、なにか難しい名前の病気だったので、「あなたたちも果実を食べすぎると病気になるよ」と言われた。でもたまに遊びに来て、と彼は寂しそうに誘った。彼女は初めて街の人と会って、彼はあまり食べたことのない二人にチョコレートをくれた。彼女が止める前に弟はチョコレートを口に運び、口の周りを真っ黒にして、笑いながら美味しい、美味しいとあたりを飛び回って喜んだ。

彼女は怒って、喜ぶ弟を連れてすぐその庭から逃げた。もうすぐ秋で、夏の果実の季節も終わりに近づいて、入れ替わりにクルミ、トウモロコシ、ブドウの季節がやってくる。そしたらもうあの庭に行く必要はない。あの若い男性もとても恐かった。彼の周りは蛾《が》とスズメバチが飛んでいるような暗い雰囲気があった。たまに村の唯一の店まで父親のタバコを買いに行ったときに見かけたが、彼女を変な目付きで見て、チョコレート、角砂糖、飴など甘い物をくれようとする。すぐ逃げた。

ある朝、ヤギと牛のミルクを搾《しぼ》ってバケツに集めたあと、煮沸消毒《しゃふつしょうどく》する手伝いのために弟を探したがいくら探しても周りにいない。牛の乳から直《じか》にミルクを飲むのが好きな弟は、普段なら近くにいるはずだが、その日は姿が見当たらなかった。半日経ってもいつも遊ぶ辺りにさえいないので探し始めたけれどどこにも姿がない。最後に思いついたのはあの家だった。近づけば近づくほどたくさんのハチに刺されたように皮膚にブツブツが出ている気がした。庭から弟の声が聞こえたような気がして急いでフェンスをよじ登って乗り越え、家のすぐそばに降りた。そして窓から家の中を覗くと、ベッドの上で太った老婆が死んだように寝ていた。足の傷から滲《にじ》む血のせいで白いシーツが汚れていた。

彼女は気分が悪くなり吐きそうになったが、そのあとに目に入った光景が人生で一番恐ろしいイメージとなった。物置から声が聞こえ、すぐにそこへ向かった。中に入ると裸にされた弟が泣いていた。弟の後ろにはメガネを外した汗だらけのあの街からきた高校生が興奮したような鬼のような形相で立っていた。床には溶けた飴が落ちていて、埃まみれのそれを食べようとアリがたかって黒く固まっていた。彼女は声を出そうとした。あのときもし声を出すことができていたら、もっと違う人生となっていたはずだと何度も思った。でもそのときは口を開けても声が出なかった。半分開け放ったドアに虫のようにぶつかって逃げた。戻って弟を家に連れ帰り、祖父にあの家に行くように伝え、その後爆発のような光を脳裏に感じた。

彼女はしばらくのあいだ言葉を喋れなくなった。大好物の果実を食べることもできなかった。ただただ、石に潰されるアリのように自分の人生に潰された。姉と同じ十六歳で結婚し、村の店で働き、夫の暴力を毎日受けながら子供を三人産んだ。彼女の願いはあの男が死ぬこと、それだけだった。あの日の出来事は何をしても忘れることができず、自分も砂糖の取りすぎからか糖尿病を患い、ずんぐりと太った身体を村の医師から何度注意されても賞味期限が切れたチョコレートと飴を店で買いあさって食べ続けた。そしてこの生活から解放される日がきた。あの男が自分で首を絞めて死んだという知らせが入ったのだ。彼女はあの庭に何年かぶりに戻り、草むらにラズベリーを見つけて食べた。口の中にカメムシの味が広がった。死んだら、蟻になりたい、虫になりたい、と思った。

あとがき

何年前かはわからない。次女の授乳をしていて、普段は子供番組以外をあまり見ないテレビをつけた。ニュースを見た。ある女性について、客観的なニュースのナラティブで、二分もかからずに彼女の死に方がまとめられていた。自ら死を選んだ彼女は、子供を先にホテルの最上階から……彼女はそのときに飛び降りず、翌日浜辺で喉に紙を詰めて、苦しい死に方を選んだという。あのニュースを見た瞬間、血が凍るような感覚を覚えた。彼女の死はニュースとなり、消化され、次の日には忘れられている。

彼女の痛みを想像した。二人目を産んだ直後の自分も弱っていて、授乳するたびにもう力が何も残ってないと、人間より軽い虫のような存在になったと日々感じていた。彼女のことをずっと考える自分がいた。何ヶ月、何年が経っても。彼女はあのとき、その前に、何を感じた、思ったのか、誰にも彼女の変化が見えなかったのか、言葉にできないことがたくさんあっただろうに。つらかっただろう。もし彼女の魂と会話できたら、会話というより、彼女の人生をスクリーンのようなものでイメージとして見せられたら、彼女の語らなかったことが見えて、あの夜のニュースを見た人たちも彼女を理解できたかもしれない。

この本では、弱者としての女性、みえないものとしての女性、彼女らの誰にも知られなかったエピソードを、フィクションとノンフィクションの境界線をまたぎながら書いてみた。誰も知らない人の物語を。そのほとんどは「水牛」で連載した文章である。私の書くことをいつも理解してくださっている、八巻美恵さんと斎藤真理子さんに深く感謝しています。

タイトルについて悩んでいたころに、二〇二四年の七月で九十二歳になった素晴らしい女性、笑顔が素敵なイタコの中村タケさんのところへ連れていってくださった三浦英之さん、編集者の竹田純さんに感謝いたします。中村さんと会って、祖母の魂を口寄せしてくださった瞬間に、改めて世界はみえないものでできていると確信しました。

二〇二四年十月　満月の夜

イリナ・グリゴレ

コロナくんと星の埃（「POPEYE Web」２０２２年12月10日、マガジンハウス）
狼が死んでいた（「POPEYE Web」２０２２年12月17日、マガジンハウス、「色鮮やかな靴で渋谷を歩いた」を改題）
ドリームタイム（「Web河出」２０２３年８月８日、河出書房新社）
結婚式と葬式の間（「群像」２０２４年12月号、講談社）
みえないもの（「図書」２０２２年12月号、岩波書店、「シーツ越しの歌声」を改題）

上記以外の原稿は
「水牛」（https://suigyu.com/category/noyouni/イリナ・グリゴレ）に連載されたものです。

本書収録にあたって加筆・修正を加えています。

イリナ・グリゴレ　Irina Grigore

文化人類学者。1984年ルーマニア生まれ。2006年に日本に留学し、一時帰国後、2009年に国費留学生として来日。弘前大学大学院修士課程修了後、2013年に東京大学大学院博士課程入学。青森県内を主なフィールドに、獅子舞や女性の信仰を研究する。2023年にはバヌアツで女性を対象としたフィールドワークを始めている。キーワードはイメージ、自然観、死生観、有用植物、霊魂。著書に『優しい地獄』(亜紀書房、2022年)。

みえないもの

2025年4月25日　第1刷発行
2025年6月15日　第2刷発行
著　者　イリナ・グリゴレ
発行者　富澤凡子
発行所　柏書房株式会社
〒113-0033　東京都文京区本郷2-15-13
電話　営業 03-3830-1891／編集 03-3830-1894
装　丁　寄藤文平+垣内晴
DTP　髙井愛
印　刷　萩原印刷株式会社
製　本　株式会社ブックアート

　ISBN 978-4-7601-5630-6